LES

AUTEURS GRECS

EXPLIQUÉS D'APRÈS UNE MÉTHODE NOUVELLE

PAR DEUX TRADUCTIONS FRANÇAISES

L'UNE LITTÉRALE ET JUXTALINÉAIRE PRÉSENTANT LE MOT A MOT FRANÇAIS
EN REGARD DES MOTS GRECS CORRESPONDANTS
L'AUTRE CORRECTE ET PRÉCÉDÉE DU TEXTE GREC

avec des sommaires et des notes

PAR UNE SOCIÉTÉ DE PROFESSEURS

ET D'HELLÉNISTES

HOMÈRE

L'ILIADE

EXPLIQUÉE, TRADUITE ET ANNOTÉE

PAR M. C. LEPRÉVOST
Professeur au collége royal Bourbon

Septième Chant

PARIS

LIBRAIRIE DE L. HACHETTE ET Cie
RUE PIERRE-SARRAZIN, N° 14
(Près de l'École de médecine)

LES

AUTEURS GRECS

EXPLIQUÉS D'APRÈS UNE MÉTHODE NOUVELLE

PAR DEUX TRADUCTIONS FRANÇAISES

Ce septième chant de l'*Iliade* a été expliqué littéralement, traduit en français et annoté par M. C. Leprévost, ancien professeur au lycée Bonaparte.

Typographie de Ch. Lahure et Cie, rues de Fleurus, 9, et de l'Ouest, 21.

LES AUTEURS GRECS

EXPLIQUÉS D'APRÈS UNE MÉTHODE NOUVELLE

PAR DEUX TRADUCTIONS FRANÇAISES

L'UNE LITTÉRALE ET JUXTALINÉAIRE PRÉSENTANT LE MOT A MOT FRANÇAIS
EN REGARD DES MOTS GRECS CORRESPONDANTS
L'AUTRE CORRECTE ET PRÉCÉDÉE DU TEXTE GREC

avec des sommaires et des notes

PAR UNE SOCIÉTÉ DE PROFESSEURS
ET D'HELLÉNISTES

HOMÈRE

SEPTIÈME CHANT DE L'ILIADE

PARIS
LIBRAIRIE DE L. HACHETTE ET Cie
RUE PIERRE-SARRAZIN, N° 14
(Près de l'École de médecine)

1860

AVIS

RELATIF A LA TRADUCTION JUXTALINÉAIRE.

On a réuni par des traits les mots français qui traduisent un seul mot grec.

On a imprimé en *italiques* les mots qu'il était nécessaire d'ajouter pour rendre intelligible la traduction littérale, et qui n'avaient pas leur équivalent dans le grec.

Enfin, les mots placés entre parenthèses, dans le français, doivent être considérés comme une seconde explication, plus intelligible que la version littérale.

ARGUMENT ANALYTIQUE

DU SEPTIÈME CHANT DE L'ILIADE.

Hector et Pâris sortent de la ville. — Pâris vainqueur de Ménesthius. — Hector vainqueur d'Eionée. — Glaucus vainqueur d'Iphinoüs. — Intervention de Minerve et d'Apollon. — Apollon propose à Minerve de suspendre la guerre. — Minerve y consent. — A l'instigation d'Hélénus, que ces deux divinités inspirent, Hector appelle le plus brave des Grecs en combat singulier. — Conditions du combat. — Silence dans l'armée des Grecs. — Ménélas leur reproche leur lâcheté et va répondre au défi d'Hector, quand Agamemnon l'arrête. — Discours du vieux Nestor, qui regrette les beaux jours et les exploits de sa jeunesse. — Neuf guerriers se présentent et se disputent l'honneur de combattre Hector. — Le sort désigne Ajax, fils de Télamon. — Les Grecs prient Jupiter de lui accorder la victoire, ou du moins de la laisser indécise entre les deux héros. — Ajax revêt ses armes. — Description de son bouclier. — Hector et Ajax se défient. — Combat. — Intervention des deux hérauts Idéus et Talthybius. — Idéus engage les deux guerriers à se retirer devant l'approche de la nuit.—Hector y consent, et échange des présents avec son adversaire. — Festin dans le camp des Grecs. — Nestor propose de suspendre la guerre pour ensevelir les morts. — Cependant Anténor engage les Troyens à rendre Hélène et ses richesses pour mettre fin à la querelle des deux peuples. — Pâris refuse de rendre Hélène. — Priam envoie au camp des Grecs des hérauts chargés de leur faire part des concessions de Pâris et de leur demander une suspension d'armes, pour rendre les honneurs funèbres aux morts.— Idéus se rend auprès d'Agamemnon et lui expose l'objet de son message.— Le fils de Tydée veut qu'on rejette les propositions de Pâris; Agamemnon consent à une trêve. — Retour du héraut Idéus parmi les Troyens.— Les Grecs et les Troyens font des funérailles à ceux de leurs guerriers qui ont succombé dans la lutte. — Les Grecs construisent un retranchement qui doit les protéger eux et leurs vaisseaux. — Discours de Neptune dans l'assemblée des dieux : il craint que cet ouvrage des Grecs n'efface de la mémoire des hommes le souvenir des remparts qu'il éleva jadis avec Apollon pour la ville de Laomédon. — Réponse de Jupiter. — Après le repas du soir, les Grecs et les Troyens se livrent aux douceurs du sommeil.

ΟΜΗΡΟΥ

ΙΛΙΑΔΟΣ.

ΡΑΨΩΔΙΑ Η.

ΕΚΤΟΡΟΣ ΚΑΙ ΑΙΑΝΤΟΣ ΜΟΝΟΜΑΧΙΑ.

ΝΕΚΡΩΝ ΑΝΑΙΡΕΣΙΣ.

Ὣς εἰπὼν, πυλέων ἐξέσσυτο φαίδιμος Ἕκτωρ·
τῷ δ' ἅμ' Ἀλέξανδρος κί' ἀδελφεός· ἐν δ' ἄρα θυμῷ
ἀμφότεροι μέμασαν πολεμίζειν ἠδὲ μάχεσθαι.
Ὡς δὲ θεὸς ναύτῃσιν ἐελδομένοισιν ἔδωκεν
οὖρον, ἐπὴν κεκάμωσιν ἐϋξέστῃς ἐλάτῃσι
πόντον ἐλαύνοντες, καμάτῳ δ' ὑπὸ γυῖα λέλυνται·
ὣς ἄρα τὼ Τρώεσσιν ἐελδομένοισι φανήτην.
Ἔνθ' ἑλέτην, ὃ μὲν υἱὸν Ἀρηϊθόοιο ἄνακτος,
Ἄρνῃ ναιετάοντα Μενέσθιον [1], ὃν κορυνήτης
γείνατ' Ἀρηΐθοος καὶ Φιλομέδουσα βοῶπις·
Ἕκτωρ δ' Ἠϊονῆα βάλ' ἔγχεϊ ὀξυόεντι
αὐχέν' ὑπὸ στεφάνης εὐχάλκου, λῦσε δὲ γυῖα.

Après avoir ainsi parlé, le brillant Hector s'élança hors des portes : son frère Alexandre l'accompagnait. Ils brûlaient tous les deux d'en venir aux mains et de combattre. Comme un vent favorable qu'un dieu accorde aux vœux des marins, las de frapper la mer avec leurs rames polies, et dont les membres sont brisés par la fatigue : ainsi furent accueillis les deux héros par les Troyens qui les attendaient.

Ils immolent, Pâris, le fils du prince Aréithoüs, Ménesthius, qui habitait dans Arné et qui naquit d'Aréithoüs à la pesante massue, et de Philoméduse aux grands yeux ; Hector, Eionée, qu'il frappe de son javelot acéré à la gorge, au-dessous de son casque d'airain et dont

L'ILIADE

D'HOMÈRE.

CHANT VII.

COMBAT SINGULIER D'HECTOR ET D'AJAX.

SÉPULTURE DES MORTS.

Ἕκτωρ φαίδιμος εἰπὼν ὣς	Hector brillant ayant dit ainsi
ἐξέσσυτο πυλέων·	s'élança-hors des portes ;
Ἀλέξανδρος δὲ ἀδελφεὸς	et Alexandre *son* frère
κίεν ἅμα τῷ·	alla avec lui ;
ἄρα δὲ ἀμφότεροι μέμασαν	or donc tous deux brûlaient
ἐν θυμῷ	dans le cœur
πολεμίζειν ἠδὲ μάχεσθαι.	de guerroyer et de combattre.
Ὡς δὲ θεὸς	Et comme *lorsqu'*un dieu
ἔδωκεν οὖρον	a donné (donne) un vent-favorable
ναύτῃσιν ἐελδομένοισιν,	aux nautoniers *le* désirant,
ἐπὴν κεκάμωσιν	après que ils se sont fatigués
ἐλαύνοντες πόντον	poussant (agitant) la mer
ἐλάτῃσιν ἐυξέστῃς,	avec des rames bien-polies,
γυῖα δὲ	et *que leurs* membres
ὑπολέλυνται καμάτῳ·	ont été détendus par la fatigue ;
ὣς ἄρα τὼ φανήτην	de même donc ceux-ci apparurent
Τρώεσσιν ἐελδομένοισιν.	aux Troyens *le* désirant.
Ἔνθα ἑλέτην,	Alors ils tuèrent,
ὁ μὲν υἱὸν ἄνακτος Ἀρηϊθόοιο	celui-ci le fils du roi Aréithoüs,
Μενέσθιον ναιετάοντα Ἄρνῃ,	Ménesthius habitant à Arné,
ὃν γείνατο	que engendra
Ἀρηΐθοος κορυνήτης	Aréithoüs armé-d'une-massue
καὶ Φιλομέδουσα βοῶπις·	et Philoméduse aux-yeux-de-bœuf ;
Ἕκτωρ δὲ βάλεν ἔγχεϊ ὀξυόεντι	et Hector frappa de *sa* lance aiguë
Ἠϊονῆα αὐχένα	Eionée au cou
ὑπὸ στεφάνης εὐχάλκου,	sous le rebord *du casque* de-bel-airain,
λῦσε δὲ γυῖα.	et *lui* détendit les membres.

Γλαῦκος δ', Ἱππολόχοιο πάϊς, Λυκίων ἀγὸς ἀνδρῶν,
Ἰφίνοον βάλε δουρὶ κατὰ κρατερὴν ὑσμίνην,
Δεξιάδην, ἵππων ἐπιάλμενον ὠκειάων,
ὦμον· ὁ δ' ἐξ ἵππων χαμάδις πέσε, λύντο δὲ γυῖα.
Τοὺς δ' ὡς οὖν ἐνόησε θεὰ γλαυκῶπις Ἀθήνη
Ἀργείους ὀλέκοντας ἐνὶ κρατερῇ ὑσμίνῃ,
βῆ ῥα κατ' Οὐλύμποιο καρήνων ἀΐξασα
Ἴλιον εἰς ἱερήν. Τῇ δ' ἀντίος ὤρνυτ' Ἀπόλλων,
Περγάμου ἐκ κατιδὼν, Τρώεσσι δὲ βούλετο νίκην·
ἀλλήλοισι δὲ τώγε συναντέσθην παρὰ φηγῷ [1].
Τὴν πρότερος προσέειπεν ἄναξ, Διὸς υἱὸς, Ἀπόλλων·
« Τίπτε σὺ δ' αὖ μεμαυῖα, Διὸς θύγατερ μεγάλοιο,
ἦλθες ἀπ' Οὐλύμποιο, μέγας δέ σε θυμὸς ἀνῆκεν;
ἦ ἵνα δὴ Δαναοῖσι μάχης ἑτεραλκέα νίκην
δῷς; ἐπεὶ οὔτι Τρῶας ἀπολλυμένους ἐλεαίρεις.
Ἀλλ' εἴ μοί τι πίθοιο, τό κεν πολὺ κέρδιον εἴη,

il brise les forces. Glaucus, fils d'Hippoloque, chef des guerriers lyciens, frappe de sa lance, dans l'ardeur de la mêlée, Iphinoüs, fils de Dexius, au moment où il monte sur son char rapide, et l'atteint à l'épaule. Le héros tombe, et la vie l'abandonne.

Minerve, la déesse aux yeux bleus, voyant les Grecs périr dans la sanglante mêlée, s'élance et descend des sommets de l'Olympe vers la ville sacrée d'Ilion. Au-devant d'elle s'élance Apollon, qui l'aperçoit des hauteurs de Pergame, et qui veut donner la victoire aux Troyens. Ces deux divinités se rencontrent près du hêtre ; et le divin Apollon, fils de Jupiter, prend le premier la parole :

« Pourquoi, fille du grand Jupiter, te précipiter avec tant d'ardeur du haut de l'Olympe et revenir animée d'une fureur nouvelle ? Est-ce pour donner aux Grecs la victoire encore indécise? Car tu n'as jamais eu pitié des Troyens qui périssent. Mais si tu voulais m'en croire, ce

Γλαῦκος δὲ, παῖς Ἱππολόχοιο, Mais Glaucus, fils d'Hippoloque,
ἀγὸς ἀνδρῶν Λυκίων, chef des guerriers lyciens,
βάλε ὦμον δουρὶ, frappa à l'épaule avec *sa* lance,
κατὰ ὑσμίνην κρατερὴν, dans le combat violent,
Ἰφίνοον Δεξιάδην, Iphinoüs, fils-de-Dexius,
ἐπιάλμενον qui-s'était-élancé
ἵππων ὠκειάων· sur *ses* cavales rapides;
ὁ δὲ πέσεν et celui-ci tomba
ἐξ ἵππων χαμάδις, de *ses* cavales à-terre,
γυῖα δὲ λύντο. et *ses* membres se-détendirent.

Ὡς δὲ οὖν Ἀθήνη Or donc quand Minerve,
θεὰ γλαυκῶπις déesse aux-yeux-bleus,
ἐνόησε τοὺς Ἀργείους eut aperçu les Argiens
ὀλέκοντας ἐνὶ ὑσμίνῃ κρατερῇ, périssant dans le combat violent,
βῆ ῥα elle descendit certes
κατὰ καρήνων Οὐλύμποιο des sommets de l'Olympe,
ἀΐξασα εἰς Ἴλιον ἱερήν. s'étant-élancée vers Ilion sacrée.
Ἀπόλλων δὲ ὤρνυτο Mais Apollon se hâtait
ἀντίος τῇ, au-devant d'elle,
κατιδὼν ἐκ Περγάμου, *l*'ayant vue du haut-de Pergame,
βούλετο δὲ νίκην et voulait la victoire
Τρώεσσι· pour les Troyens;
τώγε δὲ συναντέσθην or ceux-ci se rencontrèrent
ἀλλήλοισι παρὰ φηγῷ. l'un-l'autre auprès du hêtre.
Ἄναξ Ἀπόλλων, υἱὸς Διὸς, Le roi Apollon, fils de Jupiter,
προσέειπε τὴν πρότερος· dit-à elle le premier :

« Τίπτε δὲ σὺ, « Pourquoi donc toi,
μεμαυῖα αὖ, désirant-ardemment de nouveau,
θύγατερ μεγάλοιο Διὸς, fille du grand Jupiter,
ἦλθες ἀπὸ Οὐλύμποιο, es-tu venue de l'Olympe,
θυμὸς δὲ μέγας et *pourquoi* un sentiment grand
ἀνῆκέ σε; a-t-il poussé toi?
ἦ ἵνα δὴ Est-ce afin que certes
δῷς Δαναοῖσι tu donnes aux Grecs
νίκην ἑτεραλκέα μάχης; la victoire indécise du combat?
ἐπεὶ οὔτι ἐλεαίρεις puisque tu n'as-pitié en rien
Τρῶας ἀπολλυμένους. des Troyens périssant.
Ἀλλὰ εἰ πίθοιό Mais si tu voulais-croire
μοί τι, moi en-quelque-chose,
τό κεν εἴη πολὺ κέρδιον, ce-qui serait bien plus avantageux,

νῦν μὲν παύσωμεν πόλεμον καὶ δηϊοτῆτα
σήμερον· ὕστερον αὖτε μαχήσοντ', εἰσόκε τέκμωρ
Ἰλίου εὕρωσιν· ἐπεὶ ὣς φίλον ἔπλετο θυμῷ
ὑμῖν ἀθανάτῃσι, διαπραθέειν τόδε ἄστυ. »
Τὸν δ' αὖτε προσέειπε θεὰ γλαυκῶπις Ἀθήνη·
« Ὧδ' ἔστω, Ἑκάεργε· τὰ γὰρ φρονέουσα καὶ αὐτὴ
ἦλθον ἀπ' Οὐλύμποιο μετὰ Τρῶας καὶ Ἀχαιούς.
Ἀλλ' ἄγε, πῶς μέμονας πόλεμον καταπαυσέμεν ἀνδρῶν; »
Τὴν δ' αὖτε προσέειπεν ἄναξ, Διὸς υἱὸς, Ἀπόλλων·
« Ἕκτορος ὄρσωμεν κρατερὸν μένος ἱπποδάμοιο,
ἤν τινά που Δαναῶν προκαλέσσεται, οἰόθεν οἶος
ἀντίβιον μαχέσασθαι ἐν αἰνῇ δηϊοτῆτι·
οἱ δέ κ' ἀγασσάμενοι χαλκοκνήμιδες Ἀχαιοὶ
οἶον ἐπόρσειαν πολεμίζειν Ἕκτορι δίῳ. »
Ὣς ἔφατ'· οὐδ' ἀπίθησε θεὰ γλαυκῶπις Ἀθήνη.
Τῶν δ' Ἕλενος, Πριάμοιο φίλος παῖς, σύνθετο θυμῷ

serait le meilleur parti à prendre, mettons pour aujourd'hui un terme à la guerre et aux hostilités. Plus tard, les Grecs recommenceront le combat, jusqu'à ce qu'ils aient accompli la ruine d'Ilion, puisque tel est votre bon plaisir, à vous autres déesses, de renverser cette cité. »

La déesse aux yeux bleus, Minerve, lui répondit : « J'y consens, Dieu qui lances au loin les traits. C'était là ma pensée, lorsque je suis venue moi-même de l'Olympe vers les Troyens et les Grecs. Mais, allons, comment espères-tu mettre un terme aux combats de ces guerriers ? »

Alors le fils de Jupiter, le divin Apollon, lui répondit : « Inspirons à Hector, qui dompte les coursiers, une ardeur nouvelle, et qu'il provoque quelqu'un des Grecs à venir l'affronter, seul, en combat singulier; et si les Grecs aux cnémides d'airain y consentent, qu'ils invitent un de leurs guerriers à s'avancer seul pour combattre le divin Hector. »

Il dit, et persuada Minerve, la déesse aux yeux bleus. Alors Hélénus,

νῦν μὲν	maintenant à la vérité
παύσωμεν σήμερον	nous ferions-cesser aujourd'hui
πόλεμον καὶ δηϊοτῆτα·	le combat et la guerre ;
ὕστερον μαχήσονται αὖτε,	ensuite ils combattront de nouveau,
εἰσόκεν εὕρωσι	jusqu'à ce qu'ils aient trouvé
τέκμωρ Ἰλίου·	la fin d'Ilion,
ἐπεὶ ἔπλετο ὣς φίλον θυμῷ	puisqu'il a été ainsi cher au cœur
ὑμῖν ἀθανάτῃσι,	à vous immortelles,
διαπραθέειν τόδε ἄστυ. »	de renverser cette ville. »
Ἀθήνη δὲ	Mais Minerve,
θεὰ γλαυκῶπις	déesse aux-yeux-bleus,
προσέειπε τὸν αὖτε·	dit-à lui à son tour :
« Ἔστω ὧδε,	« Qu'il *en* soit ainsi,
Ἑκάεργε ;	*ô dieu* qui-lances-au-loin-*les-traits* ;
καὶ αὐτὴ γὰρ	car aussi moi-même
φρονέουσα τὰ	pensant ces-choses
ἦλθον ἀπὸ Οὐλύμποιο	je suis venue de l'Olympe
μετὰ Τρῶας καὶ Ἀχαιούς.	vers les Troyens et les Achéens.
Ἀλλὰ ἄγε,	Mais allons,
πῶς μέμονας	comment as-tu attendu (résolu)
καταπαυσέμεν	devoir faire-cesser
πόλεμον ἀνδρῶν; »	le combat des guerriers ? »
Ἄναξ δὲ Ἀπόλλων, υἱὸς Διός,	Mais le roi Apollon, fils de Jupiter,
προσέειπε τὴν αὖτε·	dit-à elle de nouveau :
« Ὄρσωμεν μένος κρατερὸν	« Excitons le courage puissant
Ἕκτορος ἱπποδάμοιο,	d'Hector dompteur-de-chevaux,
ἥν που προκαλέσσεται	si par hasard (afin que) il provoque
τινὰ Δαναῶν	quelqu'un des Grecs
μαχέσασθαι ἀντίβιον οἶος οἶόθεν	à combattre en face seul à-seul
ἐν δηϊοτῆτι αἰνῇ·	dans un combat terrible ;
οἱ δὲ Ἀχαιοὶ	et *si* les Achéens
χαλκοκνήμιδες	aux-cnémides-d'airain
ἀγασσάμενοι	s'étant indignés
κὲν ἐπόρσειαν οἶον	veulent-exciter un seul *guerrier*
πολεμίζειν Ἕκτορι δίῳ. »	à combattre Hector divin. »
Ἔφατο ὥς·	Il dit ainsi ;
Ἀθήνη δὲ θεὰ γλαυκῶπις	et Minerve, déesse aux-yeux-bleus,
οὐκ ἀπίθησεν.	ne refusa pas.
Ἕλενος δέ, παῖς φίλος Πριάμοιο,	Or Hélénus, fils chéri de Priam,
σύνθετο θυμῷ	comprit dans *son* cœur

βουλήν, ἥ ῥα θεοῖσιν ἐφήνδανε μητιόωσι·
στῆ δὲ παρ' Ἕκτορ' ἰών, καί μιν πρὸς μῦθον ἔειπεν·
« Ἕκτορ, υἱὲ Πριάμοιο, Διὶ μῆτιν ἀτάλαντε,
ἦ ῥά νύ μοί τι πίθοιο; (κασίγνητος δέ τοί εἰμι·)
ἄλλους μὲν κάθισον Τρῶας καὶ πάντας Ἀχαιούς,
αὐτὸς δὲ προκάλεσσαι Ἀχαιῶν ὅστις ἄριστος,
ἀντίβιον μαχέσασθαι ἐν αἰνῇ δηϊοτῆτι·
οὐ γάρ πώ τοι μοῖρα θανεῖν καὶ πότμον ἐπισπεῖν·
ὣς γὰρ ἐγὼν ὄπ' ἄκουσα θεῶν αἰειγενετάων. »
Ὣς ἔφαθ'· Ἕκτωρ δ' αὖτ' ἐχάρη μέγα, μῦθον ἀκούσας,
καί ῥ' ἐς μέσσον ἰών, Τρώων ἀνέεργε φάλαγγας,
μέσσου δουρὸς ἑλών· τοί δ' ἱδρύνθησαν ἅπαντες.
Κὰδ δ' Ἀγαμέμνων εἷσεν ἐϋκνήμιδας Ἀχαιούς.
Κὰδ δ' ἄρ' Ἀθηναίη τε καὶ ἀργυρότοξος Ἀπόλλων
ἑζέσθην, ὄρνισιν ἐοικότες αἰγυπιοῖσι,
φηγῷ ἐφ' ὑψηλῇ πατρὸς Διὸς αἰγιόχοιο,

fils chéri de Priam, pénètre la volonté de ces deux divinités qui l'inspirent : il va trouver Hector et lui tient ce langage :

« Hector, fils de Priam, dont la sagesse égale celle de Jupiter, voudras-tu bien m'en croire? Je suis ton frère. Fais cesser le combat entre les Troyens et les Grecs, et toi-même provoque le plus vaillant des Grecs à venir te combattre en face en combat singulier. Ton destin ne te condamne pas encore à succomber et à mourir : je le tiens des dieux immortels. »

Il dit : Hector, plein de joie en entendant ces mots, prend sa pique par le milieu et s'avance au milieu des phalanges troyennes qu'il contient : tous les guerriers s'arrêtent. Agamemnon, de son côté, retient les Grecs aux belles cnémides. Alors Minerve et Apollon, le dieu dont l'arc est d'argent, viennent se poser, sous la forme de deux vautours, sur le sommet élevé du hêtre du grand Jupiter, qui tient l'égide, et

βουλὴν τῶν,	le dessein de ceux-ci,
ἥ ῥα ἐφήνδανε	lequel certes avait plu
θεοῖσι μητιόωσιν·	aux Dieux méditant;
ἰὼν δὲ στῆ παρὰ Ἕκτορι	et étant allé il se plaça près d'Hector,
καὶ προσέειπέ μιν μῦθον·	et adressa-à lui *ce* discours :
« Ἕκτορ, υἱὲ Πριάμοιο,	« Hector, fils de Priam,
ἀτάλαντε Διὶ μῆτιν,	égal à Jupiter *quant à* la prudence,
ἦ ῥά νυ	est-ce-que certes donc
πίθοιο	tu voudrais-obéir
μοί τι;	à moi en quelque chose ?
(εἰμὶ δὲ κασίγνητός τοι·)	(or je suis frère à toi ;)
κάθισον μὲν	fais-asseoir d'un côté
ἄλλους Τρῶας	les autres Troyens
καὶ πάντας Ἀχαιούς,	et tous les Achéens,
αὐτὸς δὲ προκάλεσσαι	toi-même d'un autre côté provoque
ὅστις ἄριστος	quiconque *est* le meilleur
Ἀχαιῶν	des Achéens
μαχέσασθαι ἀντίβιον	à combattre en face
ἐν δηϊοτῆτι αἰνῇ·	dans un combat terrible ;
μοῖρα γὰρ οὔ πώ τοι	car le destin n'*est* pas encore à toi
θανεῖν	de mourir
καὶ ἐπισπεῖν πότμον.	et d'avoir atteint la destinée.
Ἐγὼν γὰρ ἄκουσα ὡς	En effet moi j'ai entendu ainsi
ὄπα θεῶν αἰειγενετάων. »	la voix des dieux éternels. »
Ἔφατο ὥς·	Il dit ainsi ;
Ἕκτωρ δὲ αὖτε	et Hector de-son-côté
ἐχάρη μέγα,	se réjouit beaucoup,
ἀκούσας μῦθον,	ayant entendu *ce* discours,
καί ῥα ἰὼν ἐς μέσσον	et étant donc allé au milieu
ἀνέεργε φάλαγγας	il réprima (arrêta) les phalanges
Τρώων,	des Troyens,
ἑλὼν δουρὸς μέσσου·	ayant pris *sa* lance au-milieu ;
τοὶ δὲ ἱδρύνθησαν ἅπαντες.	et ceux-ci s'assirent tous.
Ἀγαμέμνων δὲ καθεῖσεν	Mais Agamemnon fit-asseoir
Ἀχαιοὺς ἐϋκνήμιδας.	les Achéens aux-belles-cnémides.
Ἀθηναίη δὲ ἄρα τε	Et Minerve donc aussi
καὶ Ἀπόλλων ἀργυρότοξος,	et Apollon à-l'arc-d'argent,
ἐοικότες ὄρνισιν αἰγυπιοῖσι,	ressemblant à des oiseaux vautours,
καθεζέσθην ἐπὶ φηγῷ ὑψηλῇ	s'assirent sur un hêtre élevé
Διὸς πατρὸς αἰγιόχοιο,	de Jupiter père ayant-l'égide,

ἀνδράσι τερπόμενοι· τῶν δὲ στίχες εἵατο πυκναί,
ἀσπίσι καὶ κορύθεσσι καὶ ἔγχεσι πεφρικυῖαι.
Οἵη δὲ Ζεφύροιο ἐχεύατο πόντον ἔπι φρὶξ
ὀρνυμένοιο νέον, μελάνει δέ τε πόντος ὑπ' αὐτῆς·
τοῖαι ἄρα στίχες εἵατ' Ἀχαιῶν τε Τρώων τε
ἐν πεδίῳ· Ἕκτωρ δὲ μετ' ἀμφοτέροισιν ἔειπε·
« Κέκλυτέ μευ, Τρῶες καὶ ἐϋκνήμιδες Ἀχαιοί,
ὄφρ' εἴπω τά με θυμὸς ἐνὶ στήθεσσι κελεύει.
Ὅρκια μὲν Κρονίδης ὑψίζυγος οὐκ ἐτέλεσσεν,
ἀλλὰ κακὰ φρονέων τεκμαίρεται ἀμφοτέροισιν,
εἰσόκεν ἢ ὑμεῖς Τροίην εὔπυργον ἕλητε,
ἢ αὐτοὶ παρὰ νηυσὶ δαμείετε ποντοπόροισιν.
Ὑμῖν μὲν γὰρ ἔασιν ἀριστῆες Παναχαιῶν·
τῶν νῦν ὅντινα θυμὸς ἐμοὶ μαχέσασθαι ἀνώγει,

contemplent avec joie tous ces guerriers. Les bataillons épais, hérissés de boucliers, de casques et de piques, étaient au repos. Comme la mer se hérisse au souffle naissant du Zéphyre, qui bientôt l'obscurcit : ainsi paraissent les bataillons des Grecs et des Troyens, au repos, dans la plaine : Hector, s'avançant au milieu des deux armées, s'écria :

« Écoutez-moi, Troyens et Grecs aux belles cnémides : Je vais vous dire quelle pensée s'empare de mon cœur. Le fils de Saturne, qui habite les hauteurs de l'Olympe, n'a pas voulu que nos traités fussent exécutés, et il réserve aux deux partis bien des malheurs, jusqu'à ce que vous ayez pris Troie aux tours élevées, ou que vous soyez vaincus vous-mêmes près de vos navires qui voguent sur la mer. Vous avez parmi vous les plus vaillants de tous les Grecs. Que celui d'entre vous qui désire me combattre s'avance hors des rangs, et vienne

τερπόμενοι	réjouis (contents de voir)
ἀνδράσι·	des guerriers ;
στίχες δὲ τῶν	et les rangs d'eux
εἵατο πυκναὶ,	étaient-assis serrés,
πεφρικυῖαι ἀσπίσι	étant-hérissés de boucliers
καὶ κορύθεσσι	et de casques
καὶ ἔγχεσιν.	et de lances.
Οἵη δὲ φρὶξ	Or tel que le frémissement
Ζεφύροιο ὀρνυμένοιο νέον	du Zéphyre levé récemment
ἐχεύατο ἐπὶ πόντον,	s'est-répandu (se répand) sur la mer,
πόντος δέ τε μελάνει ὑπὸ αὐτῆς·	et la mer devient-noire par lui;
τοῖαι ἄρα εἵατο ἐν πεδίῳ	tels donc étaient-assis dans la plaine
στίχες Ἀχαιῶν τε	les rangs et des Achéens
Τρώων τε·	et des Troyens ;
Ἕκτωρ δὲ ἔειπε	or Hector dit
μετὰ ἀμφοτέροισι·	entre les deux *armées :*
« Κέκλυτέ μευ,	« Écoutez-moi,
Τρῶες καὶ Ἀχαιοὶ	Troyens et Achéens
ἐϋκνήμιδες,	aux-belles-cnémides,
ὄφρα εἴπω τὰ	afin-que je dise les-choses-que
θυμὸς ἐνὶ στήθεσσι	le cœur dans la poitrine
κελεύει με.	ordonne moi *dire.*
Κρονίδης μὲν	Le fils-de-Saturne à la vérité
ὑψίζυγος	siégeant-sur-un-trône-élevé
οὐκ ἐτέλεσσεν ὅρκια,	n'a pas accompli les traités,
ἀλλὰ φρονέων κακὰ	mais pensant des choses-mauvaises
τεκμαίρεται ἀμφοτέροισιν,	il *les* destine aux deux *partis,*
εἰσόκεν	jusqu'à ce que
ἢ ὑμεῖς ἕλητε	ou vous, vous ayez pris
Τροίην εὔπυργον,	Troie bien-munie-de-tours,
ἢ αὐτοὶ	ou *que* vous-mêmes
δαμείετε	ayez été domptés
παρὰ νηυσὶ	auprès des vaisseaux
ποντοπόροισιν.	traversant-la-mer.
Ἔασι μὲν γὰρ ὑμῖν	Car à la vérité sont à vous
ἀριστῆες	les meilleurs
Παναχαιῶν·	de tous-les-Achéens ;
νῦν ὅντινα τῶν	maintenant celui-que de ceux-ci
θυμὸς ἀνώγει	le cœur conseille
μαχέσασθαι ἐμοί,	de combattre moi,

δεῦρ' ἴτω ἐκ πάντων, πρόμος ἔμμεναι Ἕκτορι δίῳ.
Ὧδε δὲ μυθέομαι, Ζεὺς δ' ἄμμ' ἐπιμάρτυρος ἔστω·
εἰ μέν κεν ἐμὲ κεῖνος ἕλῃ ταναήκεϊ χαλκῷ,
τεύχεα συλήσας, φερέτω κοίλας ἐπὶ νῆας,
σῶμα δὲ οἴκαδ' ἐμὸν δόμεναι πάλιν, ὄφρα πυρός με
Τρῶες καὶ Τρώων ἄλοχοι λελάχωσι θανόντα.
Εἰ δέ κ' ἐγὼ τὸν ἕλω, δώῃ δέ μοι εὖχος Ἀπόλλων,
τεύχεα συλήσας, οἴσω προτὶ Ἴλιον ἱρὴν
καὶ κρεμόω προτὶ νηὸν Ἀπόλλωνος ἑκάτοιο·
τὸν δὲ νέκυν ἐπὶ νῆας ἐϋσσέλμους ἀποδώσω,
ὄφρα ἑ ταρχύσωσι καρηκομόωντες Ἀχαιοί,
σῆμά τέ οἱ χεύωσιν ἐπὶ πλατεῖ Ἑλλησπόντῳ·
καί ποτέ τις εἴπῃσι καὶ ὀψιγόνων ἀνθρώπων,
νηῒ πολυκλήϊδι πλέων ἐπὶ οἴνοπα πόντον·
Ἀνδρὸς μὲν τόδε σῆμα πάλαι κατατεθνηῶτος,

se mesurer avec le divin Hector! Voilà ce que j'ai à vous dire ; que Jupiter soit témoin de mes paroles : Si mon adversaire me tue de sa pique à la pointe d'airain, qu'il me dépouille de mes armes et les emporte dans ses vaisseaux creux ; mais qu'il rende mon corps aux miens, afin que les Troyens et les épouses des Troyens me rendent les honneurs du bûcher après ma mort. Si c'est moi qui le tue, et qu'Apollon m'accorde cette gloire, je lui arracherai ses armes, et les emporterai dans la ville sacrée d'Ilion pour les suspendre dans le temple d'Apollon qui lance au loin les traits. Je rendrai son corps aux Grecs à la belle chevelure, qui l'emporteront dans leurs vaisseaux aux nombreux rangs de rames; et les Grecs à la belle chevelure lui rendront les honneurs funèbres, et lui élèveront un tombeau sur les bords du vaste Hellespont. Et, dans l'avenir, on dira, quand on traversera la sombre mer sur un vaisseau aux nombreux bancs de rameurs : « Voilà le tombeau d'un guerrier d'autrefois, qui combattit avec cou-

ἴτω δεῦρο ἐκ πάντων	qu'il vienne ici d'entre tous
ἔμμεναι πρόμος	pour-être combattant-en-avant
Ἕκτορι δίῳ.	*avec* Hector divin.
Μυθέομαι δὲ ὧδε,	Or je parle ainsi,
Ζεὺς δὲ ἔστω ἐπιμάρτυρος ἄμμι·	et *que* Jupiter soit témoin à nous ;
εἰ μὲν κεῖνός κεν ἕλῃ ἐμὲ	si à la vérité celui-là tue moi
χαλκῷ ταναήκεϊ,	avec l'airain à-la-pointe-longue,
συλήσας τεύχεα,	*m'*ayant enlevé les armes,
φερέτω	qu'il *les* porte
ἐπὶ νῆας κοίλας,	vers les vaisseaux creux,
δόμεναι δὲ πάλιν	et *qu'il veuille* donner de nouveau
ἐμὸν σῶμα οἴκαδε,	mon corps à-la-maison,
ὄφρα Τρῶες	afin que les Troyens
καὶ ἄλοχοι Τρώων	et les épouses des Troyens
λελάχωσι πυρὸς	fassent-participer au feu
μὲ θανόντα.	moi étant mort.
Εἰ δὲ ἐγώ κεν ἕλω τόν,	Mais si moi je tue lui,
Ἀπόλλων δὲ	et *si* Apollon
δώῃ μοι εὖχος,	donne à moi la gloire,
συλήσας τεύχεα,	*moi* ayant enlevé *ses* armes,
οἴσω προτὶ Ἴλιον ἱρήν,	je *les* porterai vers Ilion sacrée,
καὶ κρεμόω προτὶ νηὸν	et je *les* suspendrai au temple
Ἀπόλλωνος ἑκάτοιο·	d'Apollon qui-atteint-au-loin ;
ἀποδώσω δὲ τὸν νέκυν	mais je rendrai le corps
ἐπὶ νῆας	vers les vaisseaux
εὐσσέλμους,	bien-garnis-de-bancs-de-rameurs,
ὄφρα Ἀχαιοὶ καρηκομόωντες	afin que les Achéens chevelus
ταρχύσωσίν ἑ,	enterrent lui
χεύωσί τέ οἱ σῆμα	et élèvent à lui un tombeau
ἐπὶ Ἑλλησπόντῳ πλατεῖ·	auprès de l'Hellespont vaste ;
καί ποτέ τις	et *qu'*un jour quelqu'un
καὶ ἀνθρώπων	même des hommes
ὀψιγόνων,	nés-après,
πλέων νηῒ	naviguant sur un vaisseau
πολυκλήϊδι	garni-de-beaucoup-de-rangs-de-rameurs
ἐπὶ πόντον οἴνοπα,	sur la mer noire,
εἴπῃσι	dise :
« Τόδε μὲν σῆμα	« Ce tombeau à la vérité
ἀνδρὸς	*est celui* d'un homme
κατατεθνηῶτος πάλαι,	mort depuis-longtemps,

ὅν ποτ' ἀριστεύοντα κατέκτανε φαίδιμος Ἕκτωρ. —
Ὥς ποτέ τις ἐρέει · τὸ δ' ἐμὸν κλέος οὔποτ' ὀλεῖται. »
Ὣς ἔφαθ' · οἱ δ' ἄρα πάντες ἀκὴν ἐγένοντο σιωπῇ ·
αἴδεσθεν μὲν ἀνήνασθαι, δεῖσαν δ' ὑποδέχθαι.
Ὀψὲ δὲ δὴ Μενέλαος ἀνίστατο, καὶ μετέειπε,
νείκει ὀνειδίζων, μέγα δὲ στεναχίζετο θυμῷ ·
« Ὤ μοι, ἀπειλητῆρες, Ἀχαιΐδες, οὐκέτ' Ἀχαιοί !
ἦ μὲν δὴ λώβη τάδε γ' ἔσσεται αἰνόθεν αἰνῶς,
εἰ μή τις Δαναῶν νῦν Ἕκτορος ἀντίος εἶσιν.
Ἀλλ' ὑμεῖς μὲν πάντες ὕδωρ καὶ γαῖα γένοισθε [1],
ἥμενοι αὖθι ἕκαστοι ἀκήριοι, ἀκλεὲς αὔτως !
τῷδε δ' ἐγὼν αὐτὸς θωρήξομαι · αὐτὰρ ὕπερθε
νίκης πείρατ' ἔχονται ἐν ἀθανάτοισι θεοῖσιν. »
Ὣς ἄρα φωνήσας, κατεδύσατο τεύχεα καλά.
Ἔνθα κέ τοι, Μενέλαε, φάνη βιότοιο τελευτὴ
Ἕκτορος ἐν παλάμῃσιν (ἐπεὶ πολὺ φέρτερος ἦεν),
εἰ μὴ ἀναΐξαντες ἕλον βασιλῆες Ἀχαιῶν,

rage et tomba sous les coups du brillant Hector! » Voilà ce qu'on dira un jour, et ma gloire ne périra jamais.

Il dit. Tout le monde garda un profond silence. Les Grecs avaient honte de refuser, et cependant ils craignaient d'accepter le défi. Enfin Ménélas se lève, et s'écrie avec d'amers reproches et un profond gémissement :

« O Grecs, qui ne savez que menacer, vous n'êtes que des femmes et non plus des hommes ! Quelle honte, quel déshonneur pour nous, s'il ne se trouve pas un Grec qui ose s'avancer aujourd'hui contre Hector ! Oh puissiez-vous être réduits en terre et en eau, vous tous qui restez immobiles, sans cœur et sans gloire ! Je vais donc revêtir mes armes pour combattre moi-même ce guerrier. C'est de là haut que viendra la victoire, dont le destin dépend des dieux immortels ! »

A ces mots il revêtit ses belles armes. Alors, ô Ménélas, tu aurais perdu la vie sous les coups d'Hector (car il était bien plus fort), si les rois des Grecs ne s'étaient élancés pour te retenir. Le fils d'Atrée lui-

ὃν ἀριστεύοντά ποτε	lequel se-signalant autrefois
Ἕκτωρ φαίδιμος κατέκτανε. » —	Hector brillant tua. —
Ποτέ τις ἐρέει ὥς·	Un jour quelqu'un dira ainsi :
τὸ δὲ κλέος ἐμὸν	et la gloire mienne
οὔποτε ὀλεῖται. »	jamais ne périra. »
Ἔφατο ὥς·	Il dit ainsi :
ἄρα δὲ οἱ πάντες	or donc eux tous
ἐγένοντο ἀκὴν σιωπῇ·	devinrent en-repos, en-silence;
αἴδεσθεν μὲν ἀνήνασθαι,	d'un côté ils eurent-honte de refuser,
δεῖσαν δὲ ὑποδέχθαι.	de l'autre ils craignirent d'accepter.
Ὀψὲ δὲ δὴ Μενέλαος ἀνίστατο	Mais ensuite certes Ménélas se leva
καὶ μετέειπεν ὀνειδίζων νείκει,	et dit reprochant avec-insulte,
στεναχίζετο δὲ μέγα	et il gémissait beaucoup
θυμῷ·	*dans son* cœur :
« Ὤμοι,	« Hélas !
ἀπειλητῆρες,	*vous* qui-faites-des-menaces,
Ἀχαιΐδες, οὐκέτι Ἀχαιοί,	Achéennes, non plus Achéens,
ἦ μὲν δὴ	à la vérité assurément déjà
τάδε ἔσσεταί γε λώβη	ces-choses seront certes opprobre
αἰνῶς αἰνόθεν,	d'une-manière-horriblement affreuse,
εἴ τις Δαναῶν νῦν	si quelqu'un des Grecs maintenant
μὴ εἶσιν ἀντίος Ἕκτορος.	ne va pas opposé à Hector.
Ἀλλὰ ὑμεῖς πάντες μὲν	Mais vous tous à la vérité
γένοισθε ὕδωρ καὶ γαῖα,	devenez eau et terre,
ἥμενοι αὖθι ἕκαστοι ἀκήριοι,	étant assis ici chacun sans-cœur,
αὔτως ἀκλεές·	absolument sans-gloire ;
ἐγὼν δὲ αὐτὸς θωρήξομαι	mais moi-même je m'armerai
τῷδε·	contre lui ;
αὐτὰρ πείρατα νίκης	or les extrémités de la victoire
ἔχονται ὕπερθεν	sont attachées d'en haut
ἐν θεοῖσιν ἀθανάτοισι. »	aux dieux immortels. »
Φωνήσας ἄρα ὥς	Ayant donc parlé ainsi
κατεδύσατο τεύχεα καλά.	il revêtit *ses* armes belles.
Ἔνθα τελευτὴ βιότοιο	Alors la fin de la vie
κὲ φάνη τοι, Μενέλαε,	aurait apparu à toi, Ménélas,
ἐν παλάμῃσιν Ἕκτορος	sous les mains d'Hector
(ἐπεὶ ἦεν πολὺ φέρτερος),	(puisqu'il était beaucoup plus fort),
εἰ βασιλῆες Ἀχαιῶν	si les rois des Achéens
ἀναΐξαντες	s'étant élancés
μὴ ἕλον,	ne *t*'eussent retenu,

αὐτός τ' Ἀτρεΐδης, εὐρυκρείων Ἀγαμέμνων,
δεξιτερῆς ἕλε χειρὸς, ἔπος τ' ἔφατ' ἔκ τ' ὀνόμαζεν·
« Ἀφραίνεις, Μενέλαε Διοτρεφές· οὐδέ τί σε χρὴ
ταύτης ἀφροσύνης· ἀνὰ δ' ἴσχεο, κηδόμενός περ·
μηδ' ἔθελ' ἐξ ἔριδος σεῦ ἀμείνονι φωτὶ μάχεσθαι,
Ἕκτορι Πριαμίδῃ, τόντε στυγέουσι καὶ ἄλλοι·
καὶ δ' Ἀχιλεὺς τούτῳ γε μάχῃ ἔνι κυδιανείρῃ
ἔρριγ' ἀντιβολῆσαι, ὅπερ σέο πολλὸν ἀμείνων.
Ἀλλὰ σὺ μὲν νῦν ἵζευ, ἰὼν μετὰ ἔθνος ἑταίρων·
τούτῳ δὲ πρόμον ἄλλον ἀναστήσουσιν Ἀχαιοί.
Εἴπερ ἀδειής γ' ἐστὶ, καὶ εἰ μόθου ἔστ' ἀκόρητος,
φημί μιν ἀσπασίως γόνυ κάμψειν, αἴ κε φύγῃσι
δηΐου ἐκ πολέμοιο καὶ αἰνῆς δηϊοτῆτος. »
Ὣς εἰπὼν, παρέπεισεν ἀδελφειοῦ φρένας ἥρως,
αἴσιμα παρειπών· ὁ δ' ἐπείθετο. Τοῦ μὲν ἔπειτα

même, le puissant Agamemnon, le prit par la main droite, et lui adressa ces paroles :

« Tu agis en insensé, Ménélas, nourrisson de Jupiter ; et une pareille témérité est inutile. Contiens-toi, malgré ta douleur, et ne va pas combattre un rival plus fort que toi, et redouté de tous les autres. Achille lui-même craint de le rencontrer dans la glorieuse mêlée; et il est bien plus vaillant que toi. Tiens-toi donc tranquille, et rentre dans les rangs de tes compagnons. Les Grecs vont lui susciter un autre adversaire. Mais ce guerrier, quelque intrépide et quelque insatiable de combats qu'il puisse être, fléchira, je t'assure, le genou avec joie, pour prendre du repos, s'il échappe aux dangers d'une guerre si acharnée, d'un combat si terrible. »

Par ces paroles, le héros apaise l'ardeur de son frère, qui cède à

Ἀτρείδης τε αὐτὸς,	et *si* Atride lui-même,
Ἀγαμέμνων εὐρυκρείων,	Agamemnon dominant-au-loin,
ἕλε χειρὸς δεξιτερῆς,	*ne t*'eût pris par la main droite,
ἔφατό τε ἔπος,	et *ne t*'eût dit une parole,
ἐξονόμαζέ τε·	et *ne t*'eût appelé-par-ton-nom :
« Μενέλαε Διοτρεφὲς,	« Ménélas, nourrisson-de-Jupiter,
ἀφραίνεις·	tu es-insensé ;
οὐδέ τι χρή σε	et il n'est-besoin en rien à toi
ταύτης ἀφροσύνης·	de cette démence;
ἀνίσχεο δὲ, κηδόμενός περ·	mais contiens-toi, quoique affligé ;
μηδὲ ἔθελε μάχεσθαι	et ne veuille pas combattre
ἐξ ἔριδος	par rivalité
φωτὶ ἀμείνονι σεῦ,	un guerrier meilleur *que* toi,
Ἕκτορι Πριαμίδῃ,	Hector fils-de-Priam,
τόντε καὶ ἄλλοι στυγέουσι·	lequel les autres même redoutent ;
καὶ δὲ Ἀχιλεύς γε,	et Achille aussi certes,
ὅπερ πολλὸν ἀμείνων σέο,	qui *est* beaucoup meilleur *que* toi,
ἔρριγεν ἀντιβολῆσαι τούτῳ	tremblait de rencontrer lui
ἐνὶ μάχῃ	dans un combat
κυδιανείρῃ.	illustrant-les-hommes.
Ἀλλὰ σὺ μὲν	Mais toi d'un côté
ἵζευ νῦν,	assieds-toi maintenant,
ἰὼν	étant allé
μετὰ ἔθνος ἑταίρων·	vers la troupe de *tes* compagnons ;
Ἀχαιοὶ δὲ	les Achéens d'un autre côté
ἀναστήσουσι τούτῳ	susciteront-contre celui-ci
ἄλλον πρόμον.	un autre combattant-en-avant.
Εἴπερ ἐστί γε ἀδειὴς,	Si-toutefois il est certes intrépide,
καὶ εἰ ἔστιν ἀκόρητος μόθου,	et s'il est insatiable de combat,
φημί μιν	je dis lui
κάμψειν γόνυ	devoir courber le genou (se reposer)
ἀσπασίως,	volontiers,
αἴ κε φύγῃσιν	si par-hasard il échappe
ἐκ πολέμοιο δηΐου	de la guerre funeste
καὶ δηϊοτῆτος αἰνῆς. »	et de la lutte terrible. »
Ἥρως εἰπὼν ὣς	Le héros ayant dit ainsi
παρέπεισε φρένας ἀδελφειοῦ,	persuada les esprits de *son* frère,
παρειπὼν αἴσιμα·	*lui* ayant conseillé des choses-justes;
ὁ δὲ ἐπείθετο.	et celui-ci obéit.
Ἔπειτα μὲν	Ensuite d'un côté

γηθόσυνοι θεράποντες ἀπ' ὤμων τεύχε' ἕλοντο.
Νέστωρ δ' Ἀργείοισιν ἀνίστατο, καὶ μετέειπεν·
« Ὢ πόποι! ἦ μέγα πένθος Ἀχαιΐδα γαῖαν ἱκάνει.
Ἦ κε μέγ' οἰμώξειε γέρων ἱππηλάτα Πηλεὺς,
ἐσθλὸς Μυρμιδόνων βουληφόρος ἠδ' ἀγορητὴς,
ὅς ποτέ μ' εἰρόμενος μέγ' ἐγήθεεν ᾧ ἐνὶ οἴκῳ,
πάντων Ἀργείων ἐρέων γενεήν τε τόκον τε,
τοὺς νῦν εἰ πτώσσοντας ὑφ' Ἕκτορι πάντας ἀκούσαι.
Πολλά κεν ἀθανάτοισι φίλας ἀνὰ χεῖρας ἀείραι,
θυμὸν ἀπὸ μελέων δῦναι δόμον Ἄϊδος εἴσω.
Αἲ γὰρ, Ζεῦ τε πάτερ καὶ Ἀθηναίη καὶ Ἄπολλον,
ἡβῷμ', ὡς ὅτ' ἐπ' ὠκυρόῳ Κελάδοντι μάχοντο
ἀγρόμενοι Πύλιοί τε καὶ Ἀρκάδες ἐγχεσίμωροι,
Φειᾶς πὰρ τείχεσσιν, Ἰαρδάνου ἀμφὶ ῥέεθρα [1].
Τοῖσι δ' Ἐρευθαλίων πρόμος ἵστατο, ἰσόθεος φὼς,
τεύχε' ἔχων ὤμοισιν Ἀρηϊθόοιο ἄνακτος,
δίου Ἀρηϊθόου, τὸν ἐπίκλησιν Κορυνήτην

de sages conseils. Ménélas obéit. Alors ses serviteurs s'empressent avec joie de détacher l'armure de ses épaules. Nestor se lève et dit aux Grecs :

« Grands dieux, quel deuil va remplir toute la Grèce! Combien va gémir le vieux Pélée, habile à manier les chevaux, le sage et prudent, l'éloquent roi des Myrmidons, lui qui autrefois prenait tant de plaisir, quand j'étais dans sa demeure, à m'interroger sur les aïeux et sur les enfants de tous les Grecs. S'il apprend qu'ils tremblent tous aujourd'hui devant Hector, il va, levant les mains vers le ciel, demander aux immortels de détacher son âme de son corps pour la faire descendre dans la demeure de Pluton. O puissant Jupiter, Minerve, Apollon, que ne suis-je encore dans l'âge de la jeunesse, comme au temps où je vis, sur les bords du rapide Céladon, les Pyliens et les Arcadiens habiles à manier le javelot, combattre sous les murs de Phée, non loin du fleuve Jardanus! A la tête des Arcadiens paraissait Ereuthalion, guerrier semblable aux dieux, portant sur ses épaules les armes du roi Aréithoüs, du divin Aréithoüs, surnommé le guerrier

θεράποντες γηθόσυνοι τοῦ	les serviteurs joyeux de lui
ἕλοντο τεύχεα ἀπὸ ὤμων.	*lui* ôtèrent les armes des épaules.
Νέστωρ δὲ ἀνίστατο	Nestor d'un autre côté se leva
καὶ μετέειπεν Ἀργείοισιν·	et dit-au-milieu des Argiens :
« Ὢ πόποι,	« O grands-dieux,
ἦ πένθος μέγα	certes un deuil grand
ἱκάνει γαῖαν Ἀχαιΐδα·	atteint la terre achéenne ;
ἦ Πηλεὺς γέρων ἱππηλάτα,	certes Pélée vieillard cavalier,
ἐσθλὸς βουληφόρος	excellent conseiller
ἠδὲ ἀγορητὴς Μυρμιδόνων,	et orateur des Myrmidons,
ὅς ποτε ἐνὶ ᾧ οἴκῳ	lequel autrefois dans sa maison
ἐγήθεε μέγα	se réjouissait beaucoup
εἰρόμενός με,	interrogeant moi,
ἐρέων γενεήν τε	*me* demandant et l'origine
τόκον τε πάντων Ἀργείων,	et la race de tous les Argiens,
κὲν οἰμώξειε μέγα,	gémirait beaucoup
εἰ ἀκούσαι νῦν	si il entendait maintenant
τοὺς πτώσσοντας πάντας	eux tremblant tous
ὑπὸ Ἕκτορι,	sous Hector,
κὲν ἀναείραι πολλὰ φίλας χεῖρας	il lèverait souvent ses mains
ἀθανάτοισι,	aux immortels *pour demander*
θυμὸν ἀπὸ μελέων	*son* âme loin de *ses* membres
δῦναι εἴσω δόμον Ἄϊδος.	descendre dans le séjour de Pluton.
Ζεῦ τε γὰρ πάτερ	Car, et *toi* Jupiter père
καὶ Ἀθηναίη καὶ Ἄπολλον,	et Minerve et Apollon,
αἲ ἡβῷμι,	si j'étais jeune,
ὡς ὅτε Πύλιοί τε	comme lorsque et les Pyliens
καὶ Ἀρκάδες	et les Arcadiens
ἐγχεσίμωροι,	qui-manient-la-lance,
ἀγρόμενοι πὰρ τείχεσσι Φειᾶς,	rassemblés près des murs de Phée,
ἀμφὶ ῥέεθρα Ἰαρδάνου,	autour des courants du Jardanus,
μάχοντο ἐπὶ Κελάδοντι ὠκυρόῳ.	combattaient près du Céladon rapide.
Ἐρευθαλίων δὲ	Or Ereuthalion
ἵστατο τοῖσι	se tenait *parmi* eux
πρόμος,	combattant-de-la-première-ligne,
φὼς ἰσόθεος,	guerrier égal-à-un-dieu,
ἔχων ὤμοισι	ayant *sur* les épaules
τεύχεα ἄνακτος Ἀρηϊθόοιο,	les armes du roi Aréithoüs,
Ἀρηϊθόου δίου,	d'Aréithoüs divin,
τὸν ἄνδρες	que les hommes

ἄνδρες κίκλησκον [1] καλλίζωνοί τε γυναῖκες,
οὕνεκ' ἄρ' οὐ τόξοισι μαχέσκετο δουρί τε μακρῷ,
ἀλλὰ σιδηρείῃ κορύνῃ ῥήγνυσκε φάλαγγας.
Τὸν Λυκόοργος ἔπεφνε δόλῳ, οὔτι κράτεΐ γε,
στεινωπῷ ἐν ὁδῷ, ὅθ' ἄρ' οὐ κορύνη οἱ ὄλεθρον
χραῖσμε σιδηρείη· πρὶν γὰρ Λυκόοργος ὑποφθὰς
δουρὶ μέσον περόνησεν· ὁ δ' ὕπτιος οὔδει ἐρείσθη·
τεύχεά τ' ἐξενάριξε, τά οἱ πόρε χάλκεος Ἄρης·
καὶ τὰ μὲν αὐτὸς ἔπειτα φόρει μετὰ μῶλον Ἄρηος.
Αὐτὰρ ἐπεὶ Λυκόοργος ἐνὶ μεγάροισιν ἐγήρα,
δῶκε δ' Ἐρευθαλίωνι, φίλῳ θεράποντι, φορῆναι.
Τοῦ ὅγε τεύχε' ἔχων, προκαλίζετο πάντας ἀρίστους.
Οἱ δὲ μάλ' ἐτρόμεον καὶ ἐδείδισαν, οὐδέ τις ἔτλη·
ἀλλ' ἐμὲ θυμὸς ἀνῆκε πολυτλήμων πολεμίζειν
θάρσεϊ ᾧ· γενεῇ δὲ νεώτατος ἔσκον ἁπάντων·
καὶ μαχόμην οἱ ἐγώ, δῶκεν δέ μοι εὖχος Ἀθήνη.
Τὸν δὴ μήκιστον καὶ κάρτιστον κτάνον ἄνδρα·

à la massue par les hommes et par les femmes à la belle ceinture, parce qu'il ne combattait pas avec l'arc ou le long javelot, mais avec une massue de fer qui rompait les phalanges ennemies. Lycurgue tua Aréithoüs, et y réussit par la ruse et non par la force, en l'attaquant dans un étroit sentier, où sa massue de fer ne put pas le soustraire à la mort. Lycurgue le prévint et lui perça le corps de sa lance. Le héros tomba sur le sol à la renverse. Son ennemi le dépouilla de ses armes, que lui avait données Mars couvert d'airain; et, dans la suite, il les porta toujours dans les combats de Mars. Mais lorsque Lycurgue eut vieilli dans son palais, il donna la massue à Ereuthalion, son serviteur bien-aimé. Quand Ereuthalion eut ses armes, il provoqua tous les plus braves. Mais tous craignaient et tremblaient, et personne n'osait se présenter. Moi, j'eus le courage et l'audace d'affronter sa valeur, et j'étais le plus jeune de tous. Je le combattis donc, et Minerve me combla de gloire. Je tuai ce gigantesque et robuste guerrier.

γυναῖκές τε καλλίζωνοι	et les femmes ceintes-élégamment
κίκλησκον ἐπίκλησιν	appelaient *quant au* surnom
κορυνήτην,	*guerrier* armé-d'une-massue,
οὕνεκα ἄρα οὐ μαχέσκετο	parce que certes il ne combattait pas
τόξοισι δουρί τε μακρῷ,	avec un arc et une lance longue,
ἀλλὰ ῥήγνυσκε φάλαγγας	mais il rompait les phalanges
κορύνῃ σιδηρείῃ.	avec *sa* massue de-fer.
Λυκόοργος ἔπεφνε τὸν δόλῳ,	Lycurgue tua lui par ruse,
οὔτι γε κράτεϊ,	non certainement par force,
ἐν ὁδῷ στεινωπῷ,	dans un chemin étroit,
ὅθι ἄρα κορύνη σιδηρείη	où certes la massue de-fer
οὐ χραῖσμέν οἱ ὄλεθρον·	n'écarta pas de lui la perte;
πρὶν γὰρ Λυκόοργος	car auparavant Lycurgue
ὑποφθὰς	*l'*ayant surpris
περόνησε δουρὶ μέσον·	perça avec *sa* lance *lui* au milieu;
ὁ δὲ ἐρείσθη	et celui-ci fut poussé
ὕπτιος οὔδει·	à-la-renverse sur le sol;
ἐξενάριξέ τε τεύχεα,	et il *le* dépouilla *de ses* armes,
τά οἱ πόρεν	que lui avait données
Ἄρης χάλκεος·	Mars couvert-d'airain;
καὶ μὲν αὐτὸς ἔπειτα	et à la vérité lui-même ensuite
φόρει τὰ μετὰ μῶλον Ἄρηος.	portait elles dans le travail de Mars
Αὐτὰρ ἐπεὶ Λυκόοργος	Mais après que Lycurgue
ἐγήρα ἐνὶ μεγάροισι,	eut vieilli dans *son* palais,
δῶκε δὲ φορῆναι	alors il *les* donna à porter
Ἐρευθαλίωνι, θεράποντι φίλῳ·	à Ereuthalion, serviteur chéri;
ὅγε ἔχων τεύχεα τοῦ	celui-ci ayant les armes de celui-là
προκαλίζετο πάντας ἀρίστους.	provoquait tous les meilleurs.
Οἱ δὲ ἐτρόμεον	Or ceux-ci tremblaient
καὶ ἐδείδισαν μάλα,	et craignaient fortement,
οὐδέ τις ἔτλη·	et personne n'osait;
ἀλλὰ θυμὸς πολυτλήμων	mais un courage hardi
ἀνῆκεν ἐμὲ	poussa moi
πολεμίζειν ᾧ θάρσεϊ·	à combattre contre son audace;
ἔσκον δὲ γενεῇ	or j'étais par la naissance
νεώτατος ἁπάντων·	le plus jeune de tous;
καὶ ἐγὼ μαχόμην οἱ,	et moi je combattais (combattis) lui,
Ἀθήνη δὲ δῶκέ μοι εὖχος.	et Minerve donna à moi la gloire.
Κτάνον δὴ τὸν ἄνδρα	Je tuai certes ce guerrier
μήκιστον καὶ κάρτιστον·	le plus grand et le plus puissant;

πολλὸς γάρ τις ἔκειτο παρήορος ἔνθα καὶ ἔνθα.
Εἴθ' ὣς ἡβώοιμι, βίη δέ μοι ἔμπεδος εἴη,
τῷ κε τάχ' ἀντήσειε μάχης κορυθαίολος Ἕκτωρ.
Ὑμέων δ' οἵπερ ἔασιν ἀριστῆες Παναχαιῶν,
οὐδ' οἳ προφρονέως μέμαθ' Ἕκτορος ἀντίον ἐλθεῖν. »
Ὣς νείκεσσ' ὁ γέρων· οἱ δ' ἐννέα πάντες ἀνέσταν.
Ὦρτο πολὺ πρῶτος μὲν ἄναξ ἀνδρῶν Ἀγαμέμνων·
τῷ δ' ἐπὶ Τυδείδης ὦρτο κρατερὸς Διομήδης·
τοῖσι δ' ἐπ' Αἴαντες, θοῦριν ἐπιειμένοι ἀλκήν·
τοῖσι δ' ἐπ' Ἰδομενεύς, καὶ ὀπάων Ἰδομενῆος,
Μηριόνης, ἀτάλαντος Ἐνυαλίῳ ἀνδρειφόντῃ·
τοῖσι δ' ἐπ' Εὐρύπυλος, Εὐαίμονος ἀγλαὸς υἱός·
ἂν δὲ Θόας Ἀνδραιμονίδης καὶ δῖος Ὀδυσσεύς·
πάντες ἄρ' οἵγ' ἔθελον πολεμίζειν Ἕκτορι δίῳ.
Τοῖς δ' αὖτις μετέειπε Γερήνιος ἱππότα Νέστωρ·
« Κλήρῳ νῦν πεπάλαχθε διαμπερὲς, ὅς κε λάχῃσιν·
οὗτος γὰρ δὴ ὀνήσει ἐϋκνήμιδας Ἀχαιοὺς,

Son corps, étendu par terre, couvrait un espace démesuré. Oh ! que ne suis-je encore jeune comme alors ; que n'ai-je encore toute ma vigueur ! Hector au casque brillant trouverait bientôt un adversaire à combattre. Mais parmi vous, les plus vaillants de tous les Grecs, il n'en est pas un qui s'empresse de marcher contre Hector ! »

Ainsi les gourmande le vieillard. Alors on voit se lever à la fois neuf guerriers. Le premier de tous est Agamemnon, prince des hommes. Après lui vient le fils de Tydée, le puissant Diomède. Ensuite viennent les deux Ajax, animés d'une ardeur guerrière ; puis Idoménée, et l'écuyer d'Idoménée, Mérion, semblable à Mars qui tue les hommes ; ensuite Eurypyle, l'illustre fils d'Evémon, et Thoas, fils d'Andrémon et le divin Ulysse. Tous, ils veulent combattre le divin Hector. Alors Nestor de Gérénie, habile à manier les coursiers, prend encore la parole :

« Maintenant rapportez-vous en absolument au sort, pour savoir qui de vous doit obtenir cet honneur. Celui-là répondra au désir des Grecs aux belles cnémides ; et lui-même sera satisfait dans son cœur,

ἔκειτο γὰρ	car il gisait *étant*
τὶς πολλὸς	quelqu'un très-grand
παρήορος ἔνθα καὶ ἔνθα.	étendu-par-terre çà et là.
Εἴθε ἡβώοιμι ὥς,	Ah ! si j'étais-jeune ainsi,
βίη δὲ εἴη ἔμπεδος	et *si* la force était solide (intacte)
μοί·	à moi ;
τῷ Ἕκτωρ κορυθαίολος	ainsi Hector au-casque-s'agitant
κὲν ἀντήσειε τάχα	rencontrerait bientôt
μάχης.	un combat (un adversaire).
Οἵπερ δὲ ὑμέων ἔασιν	Mais ceux-qui de vous sont
ἀριστῆες Παναχαιῶν,	les meilleurs de tous-les-Achéens,
οὐδὲ οἱ	pas même ceux-là
μέμματε προφρονέως	vous ne désirez ardemment
ἐλθεῖν ἀντίον Ἕκτορος. »	aller au-devant d'Hector. »
Ὁ γέρων νείκεσσεν ὥς·	Le vieillard *les* gourmanda ainsi ;
οἱ δὲ ἀνέσταν	et eux se levèrent
ἐννέα πάντες.	neuf tous *ensemble*.
Ἀγαμέμνων ἄναξ ἀνδρῶν μὲν	Agamemnon roi des hommes d'abord
ὦρτο πολὺ πρῶτος·	se leva de-beaucoup le premier ;
ἐπὶ δὲ τῷ ὦρτο	puis après lui se leva
Διομήδης κρατερὸς Τυδείδης·	Diomède puissant fils-de-Tydée ;
ἐπὶ δὲ τοῖσιν Αἴαντες,	et après eux les Ajax,
ἐπιειμένοι ἀλκὴν	revêtus (pourvus) d'un courage
θοῦριν.	impétueux.
Ἐπὶ δὲ τοῖσιν Ἰδομενεὺς	Et après eux Idoménée,
καὶ Μηριόνης, ὀπάων Ἰδομενῆος,	et Mérion, écuyer d'Idoménée,
ἀτάλαντος Ἐνυαλίῳ ἀνδρειφόντῃ·	égal à Enyalius homicide ;
ἐπὶ δὲ τοῖσιν Εὐρύπυλος,	et après eux Eurypyle,
υἱὸς ἀγλαὸς Εὐαίμονος·	fils illustre d'Evémon ;
Θόας δὲ Ἀνδραιμονίδης	et Thoas fils-d'Andrémon
καὶ Ὀδυσσεὺς δῖος ἀνά·	et Ulysse divin se levèrent ;
οἵγε ἄρα ἔθελον πάντες	ceux-ci donc voulaient tous
πολεμίζειν Ἕκτορι δίῳ.	combattre Hector divin.
Νέστωρ δὲ ἱππότα Γερήνιος	Mais Nestor cavalier de-Gérénie
μετέειπεν αὖτις τοῖς·	dit de nouveau au milieu d'eux :
« Πεπάλαχθε νῦν	« Soyez-ballottés maintenant
διαμπερὲς κλήρῳ,	complétement par le sort,
ὅς κε λάχῃσιν·	*pour voir* qui sera désigné ;
οὗτος γὰρ δὴ ὀνήσει	car celui-là certes réjouira
Ἀχαιοὺς ἐϋκνήμιδας·	les Achéens aux-belles-cnémides ;

καὶ δ' αὐτὸς ὃν θυμὸν ὀνήσεται, αἴ κε φύγησι
δηΐου ἐκ πολέμοιο καὶ αἰνῆς δηϊοτῆτος. »
Ὣς ἔφαθ'· οἱ δὲ κλῆρον ἐσημήναντο ἕκαστος,
ἐν δ' ἔβαλον κυνέῃ Ἀγαμέμνονος Ἀτρεΐδαο.
Λαοὶ δ' ἠρήσαντο, θεοῖσι δὲ χεῖρας ἀνέσχον·
ὧδε δέ τις εἴπεσκεν, ἰδὼν εἰς οὐρανὸν εὐρύν·
« Ζεῦ πάτερ, ἢ Αἴαντα λαχεῖν, ἢ Τυδέος υἱὸν,
ἢ αὐτὸν βασιλῆα πολυχρύσοιο Μυκήνης! »
Ὣς ἄρ' ἔφαν· πάλλεν δὲ Γερήνιος ἱππότα Νέστωρ·
ἐκ δ' ἔθορε κλῆρος κυνέης, ὃν ἄρ' ἤθελον αὐτοὶ,
Αἴαντος· κῆρυξ δὲ φέρων ἀν' ὅμιλον ἁπάντῃ,
δεῖξ' ἐνδέξια πᾶσιν ἀριστήεσσιν Ἀχαιῶν.
Οἱ δ' οὐ γιγνώσκοντες, ἀπηνήναντο ἕκαστος.
Ἀλλ' ὅτε δὴ τὸν ἵκανε, φέρων ἀν' ὅμιλον ἁπάντῃ,
ὅς μιν ἐπιγράψας κυνέῃ βάλε, φαίδιμος Αἴας,
ἤτοι ὑπέσχεθε χεῖρ'· ὁ δ' ἄρ' ἔμβαλεν, ἄγχι παραστάς·

s'il échappe aux dangers d'une guerre si acharnée, d'un si terrible combat. »

Il dit. Les guerriers marquent chacun leur sort, et le jettent dans le casque d'Agamemnon, fils d'Atrée. Les peuples priaient, les mains levées vers les dieux, et chacun disait en regardant le vaste ciel :

« Puissant Jupiter, fais que le sort désigne Ajax ou le fils de Tydée, ou même le roi de la riche Mycènes ! »

Ils priaient ainsi. Cependant Nestor de Gérénie, habile à manier les coursiers, agitait les sorts. Il sortit du casque celui que l'on désirait, celui d'Ajax. Un héraut, le portant au milieu de l'assemblée, le montre, en commençant par la droite, à tous les chefs des Grecs. Personne ne le reconnait; chacun le refuse. Mais lorsque, traversant toute l'assemblée, il parvint jusqu'à celui qui l'avait marqué et jeté dans le casque, le brillant Ajax tendit la main : le héraut lui remet le sort en

αὐτὸς δὲ καὶ	et lui-même aussi
ὀνήσεται ὃν θυμὸν,	sera réjoui *dans* son cœur,
αἴ κε φύγῃσιν	si il échappe
ἐκ πολέμοιο δηΐου	de la guerre funeste
καὶ δηϊοτῆτος αἰνῆς. »	et de la mêlée terrible. »
Ἔφατο ὥς · οἱ δὲ	Il dit ainsi ; et ceux-ci
ἐσημήναντο ἕκαστος κλῆρον,	marquèrent chacun un sort,
ἐνέβαλον δὲ κυνέῃ	et *le* jetèrent-dans le casque
Ἀγαμέμνονος Ἀτρείδαο.	d'Agamemnon fils-d'Atrée.
Λαοὶ δὲ ἠρήσαντο,	Or les peuples supplièrent,
ἀνέσχον δὲ χεῖρας θεοῖσι ·	et levèrent les mains aux dieux ;
τὶς δὲ εἴπεσκεν ὧδε,	et quelqu'un (chacun) dit ainsi,
ἰδὼν εἰς οὐρανὸν εὐρύν ·	ayant regardé vers le ciel vaste :
« Ζεῦ πάτερ,	« Jupiter père,
ἢ Αἴαντα λαχεῖν,	*donne* ou Ajax tomber-par-le-sort,
ἢ υἱὸν Τυδέος,	ou le fils de Tydée,
ἢ βασιλῆα αὐτὸν	ou le roi lui-même
Μυκήνης πολυχρύσοιο. »	de Mycènes riche-en-or. »
Ἔφαν ἄρα ὥς ·	Ils dirent donc ainsi :
Νέστωρ δὲ ἱππότα Γερήνιος	et Nestor cavalier de-Gérénie
πάλλεν ·	agitait *le casque pour les sorts ;*
ἐξέθορε δὲ κυνέης	or sauta-hors du casque
κλῆρος Αἴαντος,	le sort d'Ajax,
ὃν ἄρα αὐτοὶ ἤθελον ·	que certes eux-mêmes voulaient ;
κῆρυξ δὲ φέρων ἀπάντῃ	et un héraut *le* portant partout
ἀνὰ ὅμιλον,	à travers l'assemblée,
δεῖξεν	*le* montra,
ἐνδέξια	en-commençant-par-la-droite,
πᾶσιν ἀριστήεσσιν Ἀχαιῶν.	à tous les meilleurs des Achéens.
Οἱ δὲ οὐ γιγνώσκοντες	Or ceux-ci ne *le* reconnaissant pas
ἀπηνήναντο ἕκαστος.	nièrent-complétement chacun.
Ἀλλὰ ὅτε φέρων ἀπάντῃ	Mais lorsque *le* portant partout
ἀνὰ ὅμιλον	à travers l'assemblée
ἵκανε δὴ τὸν,	il arriva enfin à celui,
ὃς ἐπιγράψας μιν	qui ayant tracé lui (le sort)
βάλε κυνέῃ,	*l'*avait jeté dans le casque,
Αἴας φαίδιμος,	*savoir*, Ajax brillant,
ἤτοι ὑπέσχεθε χεῖρα ·	alors il présenta la main ;
ὁ δὲ ἄρα ἔμβαλε,	et celui-ci donc *le* mit-dedans,
παραστὰς ἄγχι ·	se tenant près *de lui ;*

γνῶ δὲ κλήρου σῆμα ἰδών, γήθησε δὲ θυμῷ.
Τὸν μὲν πὰρ πόδ' ἑὸν χαμάδις βάλε, φώνησέν τε·
« Ὦ φίλοι, ἤτοι κλῆρος ἐμός· χαίρω δὲ καὶ αὐτὸς
θυμῷ, ἐπεὶ δοκέω νικησέμεν Ἕκτορα δῖον.
Ἀλλ' ἄγετ', ὄφρ' ἂν ἐγὼ πολεμήϊα τεύχεα δύω,
τόφρ' ὑμεῖς εὔχεσθε Διὶ Κρονίωνι ἄνακτι,
σιγῇ ἐφ' ὑμείων, ἵνα μὴ Τρῶές γε πύθωνται·
ἠὲ καὶ ἀμφαδίην, ἐπεὶ οὔτινα δείδιμεν ἔμπης.
Οὐ γάρ τίς με βίῃ γε ἑκὼν ἀέκοντα δίηται,
οὐδὲ μὲν ἰδρείῃ· ἐπεὶ οὐδ' ἐμὲ νήϊδά γ' οὕτως
ἔλπομαι ἐν Σαλαμῖνι γενέσθαι τε τραφέμεν τε. »
Ὣς ἔφαθ'· οἱ δ' εὔχοντο Διὶ Κρονίωνι ἄνακτι·
ὧδε δέ τις εἴπεσκεν, ἰδὼν εἰς οὐρανὸν εὐρύν·
« Ζεῦ πάτερ, Ἴδηθεν μεδέων, κύδιστε, μέγιστε,
δὸς νίκην Αἴαντι καὶ ἀγλαὸν εὖχος ἀρέσθαι·

s'approchant de lui. Ajax reconnaît sa marque et se réjouit dans son cœur. Alors il jette le sort par terre, à ses pieds, et dit :

« Amis, ce sort est bien le mien. Mais je me réjouis dans mon cœur, parce que j'espère vaincre le divin Hector. Allons, pendant que je vais revêtir les armes du combat, implorez, de votre côté, le puissant Jupiter, fils de Saturne, silencieusement, entre vous, afin que les Troyens ne l'entendent pas ; ou bien priez ouvertement, car je ne crains absolument personne. Personne ne pourrait, à son gré, me chasser malgré moi de l'arène ni par force ni par adresse. J'espère bien n'être pas venu, à ce point inexpérimenté, de Salamine qui m'a vu naître et grandir ! »

Il dit. Les Grecs imploraient le puissant Jupiter, fils de Saturne, et l'on disait en regardant le vaste ciel :

« Puissant Jupiter, qui règnes du haut de l'Ida, ô le plus auguste et le plus grand des dieux, fais qu'Ajax soit vainqueur et se couvre d'une

ἰδὼν δὲ	or ayant regardé
γνῶ σῆμα κλήρου,	il reconnut la marque du sort,
γήθησε δὲ θυμῷ.	et se réjouit dans *son* cœur.
Βάλε τὸν μὲν	Il jeta lui à la vérité
χαμάδις πὰρ ἑὸν πόδα	à-terre vers son pied
φώνησέ τε·	et s'écria :
« Ὦ φίλοι,	« O amis,
κλῆρος ἤτοι ἐμός·	*ce* sort certes *est* le mien ;
αὐτὸς δὲ καὶ	et moi-même aussi
χαίρω θυμῷ,	je me réjouis dans *mon* cœur,
ἐπεὶ δοκέω νικησέμεν	puisque je pense devoir-vaincre
Ἕκτορα δῖον.	Hector divin.
Ἀλλὰ ἄγετε, ὄφρα ἐγὼ	Mais allez, tandis que moi
ἂν δύω τεύχεα πολεμήϊα,	je revêtirai *mes* armes guerrières,
τόφρα ὑμεῖς εὔχεσθε	pendant-ce-temps vous, priez
Διῒ ἄνακτι Κρονίωνι	Jupiter roi fils-de-Saturne,
σιγῇ ἐπὶ ὑμείων,	silencieusement en vous-mêmes,
ἵνα γε	afin que du moins
Τρῶες μὴ πύθωνται·	les Troyens n'entendent pas ;
ἠὲ καὶ ἀμφαδίην,	ou même ouvertement,
ἐπεὶ δείδιμεν	puisque nous ne craignons
ἔμπης οὔτινα.	absolument personne.
Τὶς γάρ γε ἑκὼν	Car quelqu'un certes *le* voulant
οὐ δίηταί με	ne chasserait pas moi
ἀέκοντα	ne-*le*-voulant-pas
βίῃ, οὐδὲ μὲν ἰδρείῃ·	par force, ni certes par adresse,
ἐπεὶ οὐδὲ ἔλπομαι	puisque je ne pense pas
ἐμέ γε οὕτω νήϊδα	moi certes ainsi ignorant
γενέσθαι τε ἐν Σαλαμῖνι	et être né dans Salamine
τραφέμεν τε. »	et *y* avoir été nourri. »
Ἔφατο ὥς·	Il dit ainsi ;
οἱ δὲ εὔχοντο	et ceux-ci priaient
Διῒ ἄνακτι Κρονίωνι·	Jupiter roi fils-de-Saturne ;
τὶς δὲ εἴπεσκεν ὧδε,	et quelqu'un (chacun) dit ainsi,
ἰδὼν εἰς οὐρανὸν εὐρύν·	ayant regardé vers le ciel vaste :
« Ζεῦ πάτερ,	« Jupiter père,
μεδέων Ἴδηθεν,	commandant du-haut-de-l'Ida,
κύδιστε, μέγιστε,	très-glorieux, très-grand,
δὸς Αἴαντι ἀρέσθαι	donne à Ajax d'avoir remporté
νίκην καὶ εὖχος ἀγλαόν·	la victoire et une gloire belle ;

εἰ δὲ καὶ Ἕκτορά περ φιλέεις, καὶ κήδεαι αὐτοῦ,
ἴσην ἀμφοτέροισι βίην καὶ κῦδος ὄπασσον. »
Ὣς ἄρ' ἔφαν· Αἴας δὲ κορύσσετο νώροπι χαλκῷ.
Αὐτὰρ ἐπειδὴ πάντα περὶ χροῒ ἕσσατο τεύχη,
σεύατ' ἔπειθ', οἷός τε πελώριος ἔρχεται Ἄρης,
ὅστ' εἶσιν πόλεμόνδε μετ' ἀνέρας, οὕστε Κρονίων
θυμοβόρου ἔριδος μένεϊ ξυνέηκε μάχεσθαι·
τοῖος ἄρ' Αἴας ὦρτο πελώριος, ἕρκος Ἀχαιῶν,
μειδιόων βλοσυροῖσι προσώπασι· νέρθε δὲ ποσσὶν
ἤϊε μακρὰ βιβὰς, κραδάων δολιχόσκιον ἔγχος.
Τὸν δὲ καὶ Ἀργεῖοι μέγ' ἐγήθεον εἰσορόωντες·
Τρῶας δὲ τρόμος αἰνὸς ὑπήλυθε γυῖα ἕκαστον,
Ἕκτορί τ' αὐτῷ θυμὸς ἐνὶ στήθεσσι πάτασσεν [1]·
ἀλλ' οὔπως ἔτι εἶχεν ὑποτρέσαι, οὐδ' ἀναδῦναι
ἂψ λαῶν ἐς ὅμιλον, ἐπεὶ προκαλέσσατο χάρμη.
Αἴας δ' ἐγγύθεν ἦλθε, φέρων σάκος, ἠΰτε πύργον,

gloire éclatante; ou bien, si tu chéris Hector et que tu le protéges, accorde à ces deux héros la même force et le même honneur !

Telle était leur prière. Ajax revêt son étincelante armure d'airain. Lorsqu'il a couvert son corps de toutes ses armes, il s'élance, pareil au formidable Mars, quand ce dieu se mêle aux combats des hommes que le fils de Saturne a livrés aux fureurs de la discorde dévorante : tel s'avance le formidable Ajax, le rempart des Grecs; et l'on voit un sourire sur son terrible visage. Il marche à grand pas et brandit sa lance, qui projette au loin son ombre. Son aspect remplit les Grecs de joie. Le frisson de la crainte saisit les membres des Troyens ; Hector lui-même sent son cœur palpiter dans sa poitrine. Mais il ne peut plus reculer ni rentrer dans la foule des guerriers, après avoir porté le défi. Ajax s'approche, portant son bouclier immense comme

εἰ δέ περ	mais si toutefois
φιλέεις καὶ Ἕκτορα,	tu chéris aussi Hector,
καὶ κήδεαι αὐτοῦ,	et *si* tu t'inquiètes de lui,
ὅπασσον ἀμφοτέροισι	accorde à tous les deux
βίην ἴσην]	une force égale
καὶ κῦδος. »	et une gloire *égale*. »
Ἔφαν ἄρα ὥς·	Ils dirent donc ainsi ;
Αἴας δὲ κορύσσετο χαλκῷ νώροπι.	et Ajax s'armait d'un airain éclatant.
Αὐτὰρ ἐπειδὴ ἕσσατο	Et après qu'il eut revêtu
πάντα τεύχη περὶ χροΐ,	toutes *ses* armes autour du corps,
σεύατο ἔπειτα,	il se précipita ensuite,
οἷός τε ἔρχεται Ἄρης πελώριος,	tel que marche Mars gigantesque,
ὅστε εἶσι πόλεμόνδε	lequel va au combat
μετὰ ἀνέρας,	vers les guerriers,
οὕστε Κρονίων ξυνέηκε	que le fils-de-Saturne a poussés
μάχεσθαι μένεϊ	à combattre par l'opiniâtreté
ἔριδος θυμοβόρου.	d'une querelle qui-dévore-le-cœur.
Τοῖος ἄρα ὦρτο Αἴας πελώριος,	Tel donc s'élança Ajax gigantesque,
ἕρκος Ἀχαιῶν,	rempart des Achéens,
μειδιόων προσώπασι βλοσυροῖσιν·	souriant avec un visage terrible ;
ἤϊε δὲ	et il allait
ποσσὶ νέρθε	avec *ses* pieds au dessous,
βιβὰς μακρά,	marchant *à* grands *pas*,
κραδάων ἔγχος δολιχόσκιον.	agitant *sa* lance à-longue-ombre.
Ἀργεῖοι δὲ καὶ εἰσορόωντες τὸν	Or les Argiens aussi voyant lui
ἐγήθεον μέγα·	se réjouissaient grandement ;
τρόμος δὲ αἰνὸς	mais un frisson terrible
ὑπήλυθε γυῖα	se glissa-dans les membres
Τρῶας ἕκαστον,	aux Troyens à chacun,
θυμός τε πάτασσεν ἐνὶ στήθεσσιν	et le cœur battait dans la poitrine
Ἕκτορι αὐτῷ·	à Hector lui-même ;
ἀλλὰ οὔπως εἶχεν ἔτι	mais il ne pouvait plus
ὑποτρέσαι,	montrer-d'effroi,
οὐδὲ ἀναδῦναι ἄψ	ni se retirer en arrière
ἐς ὅμιλον λαῶν,	dans la foule des peuples,
ἐπεὶ προκαλέσσατο χάρμῃ.	puisqu'il a provoqué au combat.
Αἴας δὲ ἦλθεν ἐγγύθε,	Or Ajax alla auprès,
φέρων σάκος,	portant un bouclier,
ἠΰτε πύργον,	comme une tour,
χάλκεον,	*étant* d'-airain,

χάλκεον, ἑπταβόειον, ὅ οἱ Τυχίος κάμε τεύχων,
σκυτοτόμων ὄχ' ἄριστος, Ὕλῃ ἔνι οἰκία ναίων[1]·
ὅς οἱ ἐποίησεν σάκος αἰόλον, ἑπταβόειον,
ταύρων ζατρεφέων, ἐπὶ δ' ὄγδοον ἤλασε χαλκόν.
Τὸ πρόσθε στέρνοιο φέρων, Τελαμώνιος Αἴας
στῆ ῥα μάλ' Ἕκτορος ἐγγύς, ἀπειλήσας δὲ προσηύδα·
« Ἕκτορ, νῦν μὲν δὴ σάφα εἴσεαι οἰόθεν οἶος
οἷοι καὶ Δαναοῖσιν ἀριστῆες μετέασι,
καὶ μετ' Ἀχιλλῆα ῥηξήνορα, θυμολέοντα.
Ἀλλ' ὁ μὲν ἐν νήεσσι κορωνίσι ποντοπόροισι
κεῖτ' ἀπομηνίσας Ἀγαμέμνονι, ποιμένι λαῶν·
ἡμεῖς δ' εἰμὲν τοῖοι οἳ ἂν σέθεν ἀντιάσαιμεν,
καὶ πολέες. Ἀλλ' ἄρχε μάχης ἠδὲ πτολέμοιο. »
Τὸν δ' αὖτε προσέειπε μέγας κορυθαίολος Ἕκτωρ·
« Αἶαν Διογενές, Τελαμώνιε, κοίρανε λαῶν,

une tour, fait d'airain et garni de sept peaux de bœuf. C'était l'ouvrage de Tychius, le plus habile des hommes à travailler le cuir, et qui demeurait à Hylé. Il avait fabriqué ce bouclier étincelant avec les peaux de sept taureaux vigoureux, qu'il avait recouvertes d'une huitième enveloppe d'airain.

Ajax, fils de Télamon, armé de ce bouclier qui protége sa poitrine, s'approche d'Hector et lui dit d'une voix menaçante :

« Hector, tu vas savoir maintenant, en me combattant seul à seul, quels chefs les Grecs ont à leur tête, même après l'irrésistible Achille au cœur de lion ! Achille se tient en repos dans les vaisseaux recourbés, qui voguent sur la mer; il garde son ressentiment contre Agamemnon, pasteur des peuples. Mais il y en a encore beaucoup parmi nous qui sont capables de te résister. Prépare-toi donc à la lutte et commence le combat ! »

Hector, au casque étincelant, lui répond à son tour : « Divin Ajax, fils de Télamon, prince des peuples, ne cherche pas à m'éprouver

ἑπταβόειον,
ὃ τεύχων οἱ κάμε Τυχίος,
ὄχα ἄριστος
σκυτοτόμων,
ναίων οἰκία ἐνὶ Ὕλῃ·
ὅς ἐποίησέν οἱ σάκος
αἰόλον,
ἑπταβόειον,
ταύρων ζατρεφέων,
ἐπήλασε δὲ
χαλκὸν ὄγδοον.
Αἴας Τελαμώνιος
φέρων πρόσθε στέρνοιο
στῆ ῥα μάλα ἐγγὺς Ἕκτορος,
ἀπειλήσας δὲ προσηύδα·
« Ἕκτορ, νῦν μὲν
εἴσεαι δὴ σάφα
οἶος οἰόθεν,
οἷοι ἀριστῆες
μετέασι καὶ Δαναοῖσι,
καὶ μετὰ Ἀχιλλῆα,
ῥηξήνορα,
θυμολέοντα.
Ἀλλὰ ὁ μὲν κεῖτο
ἐν νήεσσι κορωνίσι
ποντοπόροισιν,
ἀπομηνίσας
Ἀγαμέμνονι,
ποιμένι λαῶν·
ἡμεῖς δὲ εἰμὲν τοῖοι,
οἳ, καὶ πολέες,
ἂν ἀντιάσαιμεν σέθεν·
ἀλλὰ ἄρχε μάχης
ἠδὲ πτολέμοιο. »
Ἕκτωρ δὲ μέγας
κορυθαίολος
προσέειπε τὸν αὖτε·
« Αἶαν Διογενὲς,
Τελαμώνιε, κοίρανε λαῶν,
μήτι πειρήτιζέ μευ,

recouvert-de-sept-peaux-de-bœuf,
que faisant à lui se-fatigua Tychius,
de beaucoup le meilleur
des corroyeurs,
habitant une maison dans Hylé;
lequel fit à lui un bouclier
facile-à-mouvoir,
recouvert-de-sept-peaux
de taureaux bien-nourris,
et étendit-par-dessus
de l'airain huitième *enveloppe*.
Ajax fils-de-Télamon
le portant devant *sa* poitrine
se tint certes très-près d'Hector,
et *le* menaçant *lui* dit :
« Hector, maintenant à la vérité
tu sauras certes clairement
seul à-seul,
quels *guerriers* très braves
sont encore parmi les Grecs,
même après Achille,
qui-force-les-bataillons,
au-cœur-de-lion.
Mais lui à la vérité gisait (gît)
dans *ses* vaisseaux recourbés
traversant-la-mer,
s'étant-mis-en-fureur
contre Agamemnon,
pasteur des peuples;
mais nous, nous sommes tels,
qui, même nombreux,
irions-à-la-rencontre de toi;
mais commence le combat
et la lutte. »
Mais Hector grand
au-casque-s'agitant
dit-à lui à-son-tour :
« Ajax issu-de-Jupiter,
fils-de-Télamon, chef des peuples,
n'éprouve en rien moi,

μήτι μευ, ἠΰτε παιδὸς ἀφαυροῦ, πειρήτιζε,
ἠὲ γυναικός, ἣ οὐκ οἶδεν πολεμήϊα ἔργα.
Αὐτὰρ ἐγὼν εὖ οἶδα μάχας τ' ἀνδροκτασίας τε·
οἶδ' ἐπὶ δεξιά, οἶδ' ἐπ' ἀριστερὰ νωμῆσαι βῶν
ἀζαλέην, τό μοί ἐστι ταλαύρινον πολεμίζειν·
οἶδα δ' ἐπαΐξαι μόθον ἵππων ὠκειάων·
οἶδα δ' ἐνὶ σταδίῃ δηΐῳ μέλπεσθαι Ἄρηϊ.
Ἀλλ' οὐ γάρ σ' ἐθέλω βαλέειν, τοιοῦτον ἐόντα,
λάθρῃ ὀπιπτεύσας, ἀλλ' ἀμφαδόν, αἴ κε τύχωμι. »
Ἦ ῥα, καὶ ἀμπεπαλὼν προΐει δολιχόσκιον ἔγχος,
καὶ βάλεν Αἴαντος δεινὸν σάκος ἑπταβόειον,
ἀκρότατον κατὰ χαλκόν, ὃς ὄγδοος ἦεν ἐπ' αὐτῷ.
Ἓξ δὲ διὰ πτύχας ἦλθε δαΐζων χαλκὸς ἀτειρής·
ἐν τῇ δ' ἑβδομάτῃ ῥινῷ σχέτο. Δεύτερος αὖτε
Αἴας Διογενὴς προΐει δολιχόσκιον ἔγχος,
καὶ βάλε Πριαμίδαο κατ' ἀσπίδα πάντοσ' ἐΐσην.
Διὰ μὲν ἀσπίδος ἦλθε φαεινῆς ὄβριμον ἔγχος,

comme un faible enfant, ou comme une femme qui ne connaît rien aux travaux de la guerre. Quant à moi, je sais bien me conduire dans les combats et dans les sanglantes mêlées ; je sais manier à droite et à gauche mon bouclier garni de peau de bœuf sèche, qui me rend invincible dans les combats ; je sais lancer mes coursiers rapides dans les champs de bataille ; je sais aussi, dans un combat de pied de ferme, faire honneur au terrible dieu de la guerre. Je ne veux pas te vaincre par surprise, quelque fort que tu sois ; mais je veux que ce soit à force ouverte, si je parviens à t'atteindre ! »

Il dit, et brandissant son long javelot, il le lance contre Ajax, dont il atteint le formidable bouclier garni de sept peaux de bœuf, à l'extrémité de la huitième couche d'airain. L'invincible pointe de fer traversa six doublures et ne s'arrêta qu'à la septième peau. A son tour, le divin Ajax lança son long javelot, qui frappa le rond bouclier du fils de Priam. Le trait irrésistible pénétra le bouclier brillant d'Hector,

ἠΰτε παιδὸς ἀφαυροῦ,	comme un enfant faible,
ἠὲ γυναικὸς, ἡ οὐκ οἶδεν	ou une femme, qui ne connaît pas
ἔργα πολεμήϊα.	les travaux guerriers.
Αὐτὰρ ἐγὼν οἶδα εὖ	Mais moi je connais bien
μάχας τε ἀνδροκτασίας τε·	et les combats et le carnage;
οἶδα νωμῆσαι ἐπὶ δεξιὰ,	je sais manier à droite,
οἶδα ἐπὶ ἀριστερὰ	je sais *manier* à gauche
βῶν ἀζαλέην,	la peau-de-bœuf sèche,
τό ἐστί μοι	ce-qui est à moi
πολεμίζειν ταλαύρινον·	*pour* combattre invinciblement;
οἶδα δὲ ἐπαΐξαι	et je sais m'élancer
μόθον ἵππων ὠκειάων·	dans la lutte des cavales rapides;
οἶδα δὲ μέλπεσθαι	et je sais danser
ἐνὶ σταδίῃ	dans *un combat* de-pied-ferme
Ἄρηϊ δηΐῳ.	*en l'honneur de* Mars cruel.
Ἀλλὰ γὰρ οὐκ ἐθέλω	Mais en effet je ne veux pas
βαλέειν σε, ἐόντα τοιοῦτον,	frapper toi, étant tel,
ὀπιπτεύσας λάθρῃ,	*t'*ayant guetté en cachette,
ἀλλὰ ἀμφαδὸν,	mais ouvertement,
αἴ κε τύχωμι. »	si je puis-atteindre *toi*. »
Ἦ ῥα,	Il dit donc,
καὶ ἀμπεπαλὼν	et ayant brandi
προΐει	il envoyait-en-avant
ἔγχος δολιχόσκιον,	*sa* lance à-longue-ombre,
καὶ βάλε	et il frappa
σάκος δεινὸν Αἴαντος	le bouclier terrible d'Ajax,
ἑπταβόειον,	recouvert-de-sept-peaux-de-bœuf,
κατὰ χαλκὸν ἀκρότατον,	à l'airain très-extrême,
ὅς ἦεν ἐπὶ αὐτῷ ὄγδοος.	qui était sur lui huitième.
Χαλκὸς δὲ ἀτειρὴς	Or l'airain solide
ἦλθε δαΐζων	alla en *les* divisant
διὰ ἓξ πτύχας·	à travers six couches;
σχέτο δὲ ἐν τῇ ῥινῷ ἑβδομάτῃ.	mais il se tint dans la peau septième.
Αἴας Διογενὴς αὖτε	Ajax issu-de-Jupiter à son tour
προΐει δεύτερος	envoyait-en-avant le second
ἔγχος δολιχόσκιον,	*sa* lance à-longue-ombre,
καὶ βάλε κατὰ ἀσπίδα	et il frappa sur le bouclier
ἐΐσην πάντοσε Πριαμίδαο.	égal en-tous-sens du fils-de-Priam.
Ἔγχος ὄβριμον μὲν	La lance forte d'un côté
ἦλθε διὰ ἀσπίδος φαεινῆς,	alla à travers le bouclier brillant,

καὶ διὰ θώρηκος πολυδαιδάλου ἠρήρειστο·
ἀντικρὺ δὲ παραὶ λαπάρην διάμησε χιτῶνα
ἔγχος I· ὁ δ' ἐκλίνθη, καὶ ἀλεύατο Κῆρα μέλαιναν.
Τὼ δ' ἐκσπασσαμένω δολίχ' ἔγχεα χερσὶν ἅμ' ἄμφω,
σύν ῥ' ἔπεσον, λείουσιν ἐοικότες ὠμοφάγοισιν,
ἢ συσὶ κάπροισιν, τῶντε σθένος οὐκ ἀλαπαδνόν.
Πριαμίδης μὲν ἔπειτα μέσον σάκος οὔτασε δουρὶ,
οὐδ' ἔῤῥηξεν χαλκόν· ἀνεγνάμφθη δέ οἱ αἰχμή.
Αἴας δ' ἀσπίδα νύξεν ἐπάλμενος· ἡ δὲ διαπρὸ
ἤλυθεν ἐγχείη, στυφέλιξε δέ μιν μεμαῶτα·
τμήδην δ' αὐχέν' ἐπῆλθε· μέλαν δ' ἀνεκήκιεν αἷμα.
Ἀλλ' οὐδ' ὧς ἀπέληγε μάχης κορυθαίολος Ἕκτωρ·
ἀλλ' ἀναχασσάμενος λίθον εἵλετο χειρὶ παχείῃ,
κείμενον ἐν πεδίῳ, μέλανα, τρηχύν τε μέγαν τε·
τῷ βάλεν Αἴαντος δεινὸν σάκος ἑπταβόειον,
μέσσον ἐπομφάλιον· περιήχησεν δ' ἄρα χαλκός.

dont il perça la magnifique cuirasse et déchira la tunique au flanc : le héros, en se baissant, échappe à la Parque noire. Alors les deux guerriers, arrachant de leurs mains les longs javelots, se précipitent l'un sur l'autre, semblables à des lions dévorants ou à des sangliers dont la vigueur est indomptable. Le fils de Priam frappe de sa lance le milieu du bouclier sans en entamer l'airain, sur lequel s'émousse la pointe du fer. Ajax se jette sur son ennemi et traverse son bouclier. Le javelot pénètre et arrête l'élan du héros qu'il blesse à la gorge : il en jaillit un sang noir. Mais Hector, au casque étincelant, ne se retire pas pour cela du combat. Il s'écarte, saisit de sa puissante main une pierre qui gisait sur le sol, noire, pleine d'aspérités, énorme, et la lance contre Ajax, sur son formidable bouclier aux sept peaux de bœuf, qu'il atteint au milieu : l'airain en retentit. Ajax, à son tour,

καὶ ἠρήρειστο	et s'enfonça
διὰ θώρηκος	à travers la cuirasse
πολυδαιδάλου·	très-artistement-travaillée;
ἔγχος δὲ διάμησε	la lance d'un autre côté déchira
χιτῶνα ἀντικρὺ παρὰ λαπάρην·	la tunique en-face le long du flanc;
ὁ δὲ ἐκλίνθη	lui alors s'inclina
καὶ ἀλεύατο Κῆρα μέλαιναν.	et évita la Parque noire.
Τὼ δὲ ἄμφω ἅμα	Et tous les deux en même temps
ἐκσπασσαμένω χερσὶν	ayant arraché avec *leurs* mains
ἔγχεα δολιχὰ	les lances longues,
συνέπεσόν ῥα,	tombèrent-l'un-sur-l'autre donc,
ἐοικότες λείουσιν	ressemblant à des lions
ὠμοφάγοισιν,	qui-mangent-de-la-chair-crue,
ἢ συσὶ κάπροισι,	ou à des porcs sangliers,
τῶντε σθένος	desquels la force
οὐκ ἀλαπαδνόν.	n'*est* pas facile-à-dompter.
Ἔπειτα μὲν Πριαμίδης	Ensuite d'un côté le-fils-de-Priam
οὔτασε δουρὶ	frappa de *sa* lance
σάκος μέσον,	le bouclier au-milieu,
οὐδὲ ἔῤῥηξε χαλκόν·	et il ne rompit pas l'airain;
αἰχμὴ δὲ ἀνεγνάμφθη οἱ.	mais la pointe fut recourbée à lui.
Αἴας δὲ ἐπάλμενος	Ajax de son côté s'étant élancé
νύξεν ἀσπίδα·	perça le bouclier;
ἡ δὲ ἐγχείη ἤλυθε διαπρὸ,	et la lance alla de-part-en-part,
στυφέλιξε δὲ	et ébranla-fortement
μὶν μεμαῶτα·	lui se précipitant;
ἐπῆλθε δὲ αὐχένα τμήδην·	et elle arriva-à *son* cou en-coupant;
αἷμα δὲ μέλαν ἀνεκήκιεν.	or un sang noir jaillit.
Ἀλλὰ Ἕκτωρ κορυθαίολος	Mais Hector au-casque-s'agitant
οὐδὲ ἀπέληγεν ὣς μάχης·	ne cessait pas-même ainsi le combat;
ἀλλὰ ἀναχασσάμενος	mais ayant reculé
εἵλετο χειρὶ παχείῃ	il prit de *sa* main forte
λίθον κείμενον ἐν πεδίῳ,	une pierre gisant dans la plaine,
μέλανα,	noire,
τρηχύν τε μέγαν τε·	et raboteuse et grande;
βάλε τῷ	il frappa avec celle-ci
σάκος δεινὸν Αἴαντος,	le bouclier terrible d'Ajax,
ἑπταβόειον,	recouvert-de-sept-peaux-de-bœuf,
ἐπομφάλιον μέσσον·	*au* nombril au-milieu;
χαλκὸς δὲ ἄρα περιήχησεν.	et l'airain donc retentit-autour.

Δεύτερος αὖτ' Αἴας πολὺ μείζονα λᾶαν ἀείρας,
ἧκ' ἐπιδινήσας, ἐπέρεισε δὲ ἶν' ἀπέλεθρον·
εἴσω δ' ἀσπίδ' ἔαξε, βαλὼν μυλοειδέϊ πέτρῳ,
βλάψε δέ οἱ φίλα γούναθ'· ὁ δ' ὕπτιος ἐξετανύσθη,
ἀσπίδ' ἐνιχριμφθείς· τὸν δ' αἶψ' ὤρθωσεν Ἀπόλλων.
Καί νύ κε δὴ ξιφέεσσ' αὐτοσχεδὸν οὐτάζοντο,
εἰ μὴ κήρυκες, Διὸς ἄγγελοι ἠδὲ καὶ ἀνδρῶν,
ἦλθον, ὁ μὲν Τρώων, ὁ δ' Ἀχαιῶν χαλκοχιτώνων,
Ταλθύβιός τε καὶ Ἰδαῖος, πεπνυμένω ἄμφω.
Μέσσῳ δ' ἀμφοτέρων σκῆπτρα σχέθον· εἶπέ τε μῦθον
κῆρυξ Ἰδαῖος, πεπνυμένα μήδεα εἰδώς·
« Μηκέτι, παῖδε φίλω, πολεμίζετε, μηδὲ μάχεσθον·
ἀμφοτέρω γὰρ σφῶϊ φιλεῖ νεφεληγερέτα Ζεύς·
ἄμφω δ' αἰχμητά· τόγε δὴ καὶ ἴδμεν ἅπαντες.
Νὺξ δ' ἤδη τελέθει· ἀγαθὸν καὶ νυκτὶ πιθέσθαι. »
Τὸν δ' ἀπαμειβόμενος προσέφη Τελαμώνιος Αἴας·
« Ἰδαῖ', Ἕκτορι ταῦτα κελεύετε μυθήσασθαι·

ramassant une pierre plus grosse encore, la fait tournoyer en l'air et la lance avec un violent effort. Le bouclier d'Hector est broyé sous cette espèce de meule, qui le blesse lui-même aux genoux. Le héros tombe à la renverse sous le choc de son bouclier ; mais Apollon le relève aussitôt. Les deux ennemis, se prenant corps à corps, se seraient sans doute mutuellement percés de leurs épées, sans l'intervention de deux hérauts, messagers de Jupiter et des hommes, venant, l'un de la part des Troyens, l'autre de la part des Grecs à la tunique d'airain, Talthybius et Idéus, tous deux pleins de sagesse. Ils étendent leur sceptre entre les deux combattants, et le héros Idéus, que la sagesse inspire, prend la parole :

« Ne luttez plus, mes chers enfants ; cessez de combattre ! Vous êtes tous deux chers à Jupiter qui assemble les nuages ; tous les deux vous êtes de vaillants guerriers, nous le savons tous. Mais déjà la nuit approche, et il est bon de se retirer devant la nuit. »

Ajax, fils de Télamon, prend la parole et lui répond : « Idéus, c'est Hector qu'il faut inviter à parler ainsi : c'est lui qui a provoqué au

Αἴας αὖτε δεύτερος,	Ajax à son tour le second,
ἀείρας λᾶαν	ayant levé une pierre
πολὺ μείζονα,	beaucoup plus grande,
ἧκεν ἐπιδινήσας,	*l'*envoya *l'*ayant fait-tourner,
ἐπέρεισε δὲ ἶνα ἀπέλεθρον·	et il appliqua une force immense ;
ἔαξε δὲ εἴσω	et il brisa en dedans (enfonça)
ἀσπίδα,	le bouclier,
βαλὼν πέτρῳ	*l'*ayant frappé avec une pierre
μυλοειδέϊ·	qui-a-la-forme-d'une-meule ;
βλάψε δέ οἱ φίλα γούνατα,	et il blessa à lui ses genoux ;
ὁ δὲ ἐξετανύσθη ὕπτιος,	et celui-ci fut étendu renversé,
ἐνιχριμφθεὶς ἀσπίδι·	ayant été heurté contre le bouclier ;
Ἀπόλλων δὲ ὤρθωσε τὸν αἶψα.	mais Apollon releva lui aussitôt.
Καί νυ δὴ ξιφέεσσι	Et alors déjà avec *leurs* épées
κὲν οὐτάζοντο αὐτοσχεδὸν,	ils se seraient blessés de-près,
εἰ κήρυκες, ἄγγελοι	si des hérauts, messagers
Διὸς ἠδὲ καὶ ἀνδρῶν,	de Jupiter et aussi des hommes,
μὴ ἦλθον,	n'étaient pas venus,
ὁ μὲν Τρώων,	l'un des Troyens,
ὁ δὲ Ἀχαιῶν	l'autre des Achéens
χαλκοχιτώνων,	cuirassés-d'airain,
Ταλθύβιός τε καὶ Ἰδαῖος,	et Talthybius et Idéus,
ἄμφω πεπνυμένω·	tous-deux prudents ;
σχέθον δὲ σκῆπτρα	et ils tinrent *leurs* sceptres
μέσσῳ ἀμφοτέρων·	au-milieu de tous-deux ;
κῆρύξ τε Ἰδαῖος,	et le héraut Idéus,
εἰδὼς μήδεα πεπνυμένα,	sachant des conseils sensés,
εἶπε μῦθον·	dit *ce* discours :
« Μηκέτι πολεμίζετε,	« Ne guerroyez plus,
παῖδε φίλω, μηδὲ μάχεσθον·	enfants chéris, et ne combattez plus ;
Ζεὺς γὰρ νεφεληγερέτα	car Jupiter qui-rassemble-les-nuages
φιλεῖ σφῶϊ ἀμφοτέρω·	aime vous tous-deux ;
ἄμφω δὲ αἰχμητά·	et tous-deux *vous êtes* guerriers ;
καὶ δὴ ἴδμεν ἅπαντες τόγε.	et certes nous savons tous cela.
Νὺξ δὲ τελέθει ἤδη·	Mais la nuit commence déjà ;
καὶ ἀγαθὸν πιθέσθαι νυκτί. »	et *il est* bon d'obéir à la nuit. »
Αἴας δὲ Τελαμώνιος	Or Ajax, fils-de-Télamon,
προσέφη τὸν ἀπαμειβόμενος·	dit-à lui répondant :
« Ἰδαῖε, κελεύετε Ἕκτορι	« Idéus, ordonnez à Hector
μυθήσασθαι ταῦτα·	de dire ces-choses ;

αὐτὸς γὰρ χάρμῃ προκαλέσσατο πάντας ἀρίστους.
Ἀρχέτω· αὐτὰρ ἐγὼ μάλα πείσομαι, ᾗπερ ἂν οὗτος. »
Τὸν δ' αὖτε προσέειπε μέγας κορυθαίολος Ἕκτωρ·
« Αἶαν (ἐπεί τοι δῶκε θεὸς μέγεθός τε βίην τε,
καὶ πινυτὴν, περὶ δ' ἔγχει Ἀχαιῶν φέρτατός ἐσσι),
νῦν μὲν παυσώμεσθα μάχης καὶ δηϊοτῆτος
σήμερον· ὕστερον αὖτε μαχησόμεθ', εἰσόκε δαίμων
ἄμμε διακρίνῃ, δώῃ δ' ἑτέροισί γε νίκην.
Νὺξ δ' ἤδη τελέθει· ἀγαθὸν καὶ νυκτὶ πιθέσθαι·
ὡς σύ τ' εὐφρήνῃς πάντας παρὰ νηυσὶν Ἀχαιοὺς,
σούς τε μάλιστα ἔτας καὶ ἑταίρους, οἵ τοι ἔασιν·
αὐτὰρ ἐγὼ κατὰ ἄστυ μέγα Πριάμοιο ἄνακτος
Τρῶας εὐφρανέω καὶ Τρῳάδας ἑλκεσιπέπλους,
αἵτε μοι εὐχόμεναι θεῖον δύσονται ἀγῶνα.
Δῶρα δ', ἄγ', ἀλλήλοισι περικλυτὰ δώομεν ἄμφω,
ὄφρα τις ὧδ' εἴπῃσιν Ἀχαιῶν τε Τρώων τε·

combat les plus braves. Qu'il commence donc : je céderai, quand il aura cédé lui-même ! »

Le grand Hector, au casque étincelant, lui dit alors : « Ajax, puisqu'un dieu t'a donné en partage une haute taille, la force et la prudence, et que tu es le plus habile des Grecs à manier le javelot, mettons fin pour aujourd'hui à ce combat acharné. Plus tard nous recommencerons la lutte, jusqu'à ce qu'une divinité nous sépare et donne la victoire à l'un de nous deux. Mais voici que déjà la nuit approche, et il est bon de céder à la nuit, toi pour aller près des vaisseaux réjouir par ta présence les Grecs, tes amis, tes compagnons, et moi pour réjouir, par mon retour dans la grande ville du roi Priam, les Troyens et les Troyennes aux longs voiles traînants, qui vont en foule implorer les dieux pour moi. Échangeons, si tu veux, de riches présents, afin qu'on puisse dire chez les Grecs et chez les Troyens : « Ils

αὐτὸς γὰρ προκαλέσσατο χάρμῃ	car lui-même a provoqué au combat
πάντας ἀρίστους.	tous les meilleurs *en bravoure.*
Ἀρχέτω·	Qu'il commence ;
αὐτὰρ ἐγὼ πείσομαι μάλα,	puis moi j'obéirai fortement,
ᾗπερ ἂν	de-la-manière-que
οὗτος. »	celui-ci *aura obéi.* »
Ἕκτωρ δὲ μέγας	Or Hector grand
κορυθαίολος	au-casque-s'agitant
προσέειπε τὸν αὖτε·	dit-à lui à-son tour :
« Αἶαν, ἐπεὶ θεὸς	« Ajax, puisqu'un dieu
δῶκέ τοι μέγεθός τε	a donné à toi et la grandeur
βίην τε καὶ πινυτήν,	et la force et la prudence,
ἔσσι δὲ ἔγχει	et *que* tu es par la lance
περὶ φέρτατος	infiniment le plus vaillant
Ἀχαιῶν,	des Achéens,
νῦν μὲν σήμερον	maintenant à la vérité aujourd'hui
παυσώμεσθα μάχης καὶ δηϊοτῆτος·	cessons le combat et la guerre ;
ὕστερον μαχησόμεθα αὖτε,	plus-tard nous combattrons derechef,
εἰσόκε δαίμων	jusqu'à ce qu'un dieu
διακρίνῃ ἄμμε,	ait séparé nous,
δώῃ δέ γε	et *que* il ait donné du moins
νίκην ἑτέροισι.	la victoire à l'un-des-deux.
Νὺξ δὲ τελέθει ἤδη·	Mais la nuit commence déjà ;
καὶ ἀγαθὸν πιθέσθαι νυκτί·	et *il est* bon d'obéir à la nuit :
ὡς σὺ εὐφρήνῃς πάντας τε Ἀχαιοὺς	ainsi toi aie réjoui et tous les Achéens
παρὰ νηυσὶ,	auprès de *leurs* vaisseaux
μάλιστά τε σοὺς ἔτας καὶ ἑταίρους,	et surtout tes amis et compagnons,
οἵ ἔασί τοι·	qui sont à toi ;
αὐτὰρ ἐγὼ εὐφρανέω	de-mon-côté moi je réjouirai
κατὰ ἄστυ μέγα Πριάμοιο ἄνακτος	par la ville grande de Priam roi
Τρῶας καὶ Τρῳάδας	les Troyens et les Troyennes
ἑλκεσιπέπλους,	qui-traînent-*de-longs*-voiles,
αἵτε εὐχόμεναι	lesquelles priant *les dieux*
μοὶ	pour moi
δύσονται ἀγῶνα θεῖον.	entreront dans l'assemblée divine.
Ἄγε δὲ, δώομεν ἄμφω	Mais va, donnons tous-deux
δῶρα περικλυτὰ ἀλλήλοισιν,	des présents illustres l'un-à-l'autre,
ὄφρα τις	afin que quelqu'un (chacun)
Ἀχαιῶν τε Τρώων τε	et des Achéens et des Troyens
εἴπῃσιν ὧδε·	dise ainsi :

Ἦ μὲν ἐμαρνάσθην ἔριδος πέρι θυμοβόροιο,
ἠδ' αὖτ' ἐν φιλότητι διέτμαγεν ἀρθμήσαντε. »
Ὣς ἄρα φωνήσας, δῶκε ξίφος ἀργυρόηλον,
σὺν κολεῷ τε φέρων καὶ εὐτμήτῳ τελαμῶνι·
Αἴας δὲ ζωστῆρα δίδου φοίνικι φαεινόν.
Τὼ δὲ διακρινθέντε, ὁ μὲν μετὰ λαὸν Ἀχαιῶν
ἤϊ', ὁ δ' ἐς Τρώων ὅμαδον κίε. Τοὶ δ' ἐχάρησαν,
ὡς εἶδον ζωόν τε καὶ ἀρτεμέα προσιόντα,
Αἴαντος προφυγόντα μένος καὶ χεῖρας ἀάπτους·
καί ῥ' ἦγον προτὶ ἄστυ, ἀελπτέοντες σόον εἶναι.
Αἴαντ' αὖθ' ἑτέρωθεν ἐϋκνήμιδες Ἀχαιοὶ
εἰς Ἀγαμέμνονα δῖον ἄγον, κεχαρηότα νίκῃ.
Οἱ δ' ὅτε δὴ κλισίῃσιν ἐν Ἀτρείδαο γένοντο,
τοῖσι δὲ βοῦν ἱέρευσεν ἄναξ ἀνδρῶν Ἀγαμέμνων
ἄρσενα, πενταέτηρον, ὑπερμενέϊ Κρονίωνι.
Τὸν δέρον, ἀμφί θ' ἔπον, καί μιν διέχευαν ἅπαντα,
μίστυλλόν τ' ἄρ' ἐπισταμένως, πεῖράν τ' ὀβελοῖσιν,

se sont livré un combat acharné; et puis ils se sont retirés unis par les liens de l'amitié. »

En parlant ainsi, il donne à Ajax une épée garnie de clous d'argent, lui offrant aussi le fourreau et un superbe baudrier. Ajax lui fait présent d'un ceinturon tout éclatant de pourpre. Alors ils se séparent et s'en retournent, l'un dans l'armée des Grecs, l'autre dans les rangs des Troyens. Les Troyens voient avec joie Hector revenir sain et sauf, après avoir échappé à la fureur et aux mains de l'invincible Ajax, et ils le conduisent dans la ville, après avoir un moment désespéré de son salut. De leur côté, les Grecs aux belles cnémides conduisent au divin Agamemnon Ajax tout fier de sa victoire.

Quand les Grecs sont arrivés dans la tente du fils d'Atrée, Agamemnon, prince des hommes, sacrifie, en leur nom, un taureau de cinq ans au tout-puissant fils de Saturne. Alors on dépouille la victime; on l'apprête; on la dépèce en entier; on la partage habilement en morceaux que l'on embroche pour les faire rôtir avec soin : après quoi

« Ἦ μὲν ἐμαρνάσθην	« Certes à la vérité ils ont combattu
περὶ ἔριδος	*poussés* par une colère
θυμοβόροιο,	qui-ronge-le-cœur,
ἠδὲ διέτμαγεν αὖτε	et ils se sont séparés de nouveau
ἀρθμήσαντε ἐν φιλότητι. »	s'étant-réunis en amitié. »
Φωνήσας ἄρα ὥς,	Ayant donc parlé ainsi,
δῶκε ξίφος	il donna *à Ajax* une épée
ἀργυρόηλον,	garnie-de-clous-d'argent,
φέρων σὺν κολεῷ τε	*la lui* portant avec et le fourreau
καὶ τελαμῶνι εὐτμήτῳ·	et le baudrier bien-coupé ;
Αἴας δὲ δίδου ζωστῆρα	et Ajax *lui* donna une ceinture
φαεινὸν φοίνικι.	éclatante d'une-couleur-pourpre.
Τὼ δὲ διακρινθέντε,	Or ceux-ci s'étant séparés,
ὁ μὲν ἤϊε μετὰ λαὸν Ἀχαιῶν,	l'un allait vers le peuple des Achéens,
ὁ δὲ κίεν	l'autre marchait
ἐς ὅμαδον Τρώων.	vers la foule des Troyens.
Τοὶ δὲ ἐχάρησαν,	Or ceux-ci se réjouirent,
ὡς εἶδον προσιόντα	dès qu'ils *le* virent s'avançant
ζωόν τε καὶ ἀρτεμέα,	et vivant et sain-et-sauf,
προφυγόντα μένος	ayant échappé au courage
καὶ χεῖρας ἀάπτους Αἴαντος·	et aux mains invincibles d'Ajax ;
καί ῥα ἦγον προτὶ ἄστυ,	et ils *le* conduisirent vers la ville,
ἀελπτέοντες εἶναι σόον.	désespérant *lui* être sain-et-sauf.
Ἑτέρωθεν αὖτε	D'un autre côté à leur tour
Ἀχαιοὶ εὐκνήμιδες	les Achéens aux-belles-cnémides
ἄγον εἰς Ἀγαμέμνονα δῖον	conduisirent vers Agamemnon divin
Αἴαντα κεχαρηότα νίκῃ.	Ajax étant-joyeux de la victoire.
Ὅτε δὲ δὴ οἱ	Or lorsque déjà ceux-ci
γένοντο ἐν κλισίῃσιν	furent dans les tentes
Ἀτρεΐδαο,	du-fils-d'Atrée
Ἀγαμέμνων δὲ ἄναξ ἀνδρῶν	alors Agamemnon prince des hommes
ἱέρευσε τοῖσι	sacrifia pour eux
Κρονίωνι ὑπερμενέϊ	au-fils-de-Saturne très-puissant
βοῦν ἄρσενα, πενταέτηρον.	un bœuf mâle, âgé-de-cinq-ans.
Δέρον τόν,	Ils écorchèrent lui,
ἀμφίεπόν τε,	et s'occupèrent-autour *de lui*,
καὶ διέχευάν μιν ἅπαντα,	et divisèrent lui tout-entier,
μίστυλλόν τε ἄρα	et certes *le* coupèrent-en-morceaux
ἐπισταμένως,	avec-art,
πεῖράν τε ὀβελοῖσιν,	et *le* percèrent de broches,

ὤπτησάν τε περιφραδέως, ἐρύσαντό τε πάντα.
Αὐτὰρ ἐπεὶ παύσαντο πόνου, τετύκοντό τε δαῖτα,
δαίνυντ', οὐδέ τι θυμὸς ἐδεύετο δαιτὸς ἐΐσης·
νώτοισιν δ' Αἴαντα διηνεκέεσσι γέραιρεν
ἥρως Ἀτρείδης, εὐρυκρείων Ἀγαμέμνων.
Αὐτὰρ ἐπεὶ πόσιος καὶ ἐδητύος ἐξ ἔρον ἕντο,
τοῖς ὁ γέρων πάμπρωτος ὑφαίνειν ἤρχετο μῆτιν,
Νέστωρ, οὗ καὶ πρόσθεν ἀρίστη φαίνετο βουλή·
ὅ σφιν ἐϋφρονέων ἀγορήσατο καὶ μετέειπεν·
« Ἀτρείδη τε καὶ ἄλλοι ἀριστῆες Παναχαιῶν,
πολλοὶ γὰρ τεθνᾶσι καρηκομόωντες Ἀχαιοί,
τῶν νῦν αἷμα κελαινὸν ἐΰῤῥοον ἀμφὶ Σκάμανδρον
ἐσκέδασ' ὀξὺς Ἄρης, ψυχαὶ δ' Ἄϊδόσδε κατῆλθον [1].
Τῷ σε χρὴ πόλεμον μὲν ἅμ' ἠοῖ παῦσαι Ἀχαιῶν,
αὐτοὶ δ' ἀγρόμενοι κυκλήσομεν ἐνθάδε νεκροὺς
βουσὶ καὶ ἡμιόνοισιν· ἀτὰρ κατακήομεν αὐτοὺς
τυτθὸν ἀποπρὸ νεῶν, ὥς κ' ὀστέα παισὶν ἕκαστος

l'on retire le tout du feu. Lorsque tout fut terminé et que le repas fut prêt, les Grecs se livrent aux plaisirs du festin et se rassasient de mets également partagés : l'illustre fils d'Atrée, le puissant Agamemnon, honore Ajax en lui servant le large dos de la victime. Puis, lorsqu'ils eurent tous satisfait leur soif et leur faim, le vieux Nestor commença le premier de tous à leur donner de sages conseils, Nestor, dont on avait déjà reconnu la supériorité dans le conseil ; il prend la parole, et leur dit avec bienveillance :

« Fils d'Atrée, et vous autres, chefs de tous les Grecs, beaucoup de Grecs à la belle chevelure ont péri déjà : leur sang noir a coulé sur les bords du beau fleuve Scamandre, versé par le cruel dieu de la guerre, et leurs âmes sont descendues chez Pluton. Il faut donc que les Grecs fassent trêve aux combats, demain, dès l'aurore ; et nous nous rassemblerons afin de transporter ici nos morts sur des chars traînés par des bœufs et des mulets ; puis nous les brûlerons en vue de nos vaisseaux, afin de pouvoir rendre aux enfants les os de leurs

ὤπτησάν τε περιφραδέως,	et *le* firent-rôtir avec-soin,
ἐρύσαντό τε πάντα.	et retirèrent le tout *du feu.*
Αὐτὰρ ἐπεὶ παύσαντο πόνου,	Puis quand ils eurent cessé le travail
τετύκοντό τε δαῖτα,	et *que* ils eurent préparé le festin,
δαίνυντο,	ils *se* distribuèrent-les-mets,
θυμὸς δὲ οὐκ ἐδεύετό τι	et le cœur ne manquait en rien
δαιτὸς ἐΐσης·	d'une nourriture égale;
ἥρως δὲ Ἀτρείδης	mais le héros fils-d'Atrée,
Ἀγαμέμνων εὐρυκρείων,	Agamemnon puissant-au-loin,
γέραιρεν Αἴαντα	honora Ajax
νώτοισι διηνεκέεσσιν.	du dos continu *de la victime.*
Αὐτὰρ ἐπεὶ ἕξεντο	Ensuite lorsqu'ils eurent déposé
ἔρον πόσιος καὶ ἐδητύος,	le désir du boire et du manger,
ὁ γέρων Νέστωρ	le vieillard Nestor
ἤρχετο πάμπρωτος	commença le-premier-de-tous
ὑφαίνειν μῆτιν τοῖς,	à tisser un conseil à ceux-ci,
οὗ βουλὴ φαίνετο	*lui* duquel l'avis avait paru
καὶ πρόσθεν ἀρίστη·	même auparavant le meilleur;
ὃ εὔφρονέων	lequel pensant-bien
ἀγορήσατο καὶ μετέειπέ σφιν·	harangua et dit à eux :
« Ἀτρείδη τε	« Et *toi* fils-d'Atrée
καὶ ἄλλοι ἀριστῆες	et *vous* autres les meilleurs
Παναχαιῶν,	de tous-les-Achéens,
Ἀχαιοὶ γὰρ καρηκομόωντες	car des Achéens chevelus
τεθνᾶσι πολλοί,	sont morts nombreux,
τῶν Ἄρης ὀξὺς	desquels Mars impétueux
ἐσκέδασεν αἷμα κελαινὸν	a répandu le sang noir
ἀμφὶ Σκάμανδρον	autour du Scamandre
εὔρροον,	au-beau-cours,
ψυχαὶ δὲ	et *leurs* âmes
κατῆλθον Ἀϊδόσδε.	sont descendues vers-l'enfer
Τῷ χρή σε μὲν	C'est-pourquoi il faut toi à la vérité
παῦσαι ἅμα ἠοῖ	faire-cesser avec l'aurore
πόλεμον Ἀχαιῶν,	le combat des Achéens,
αὐτοὶ δὲ ἀγρόμενοι	et nous-mêmes, nous étant réunis,
κυκλήσομεν ἐνθάδε νεκροὺς	nous voiturerons ici les morts
βουσὶ καὶ ἡμιόνοισιν·	avec des bœufs et des mulets;
ἀτὰρ κατακήομεν αὐτοὺς	puis nous brûlerons eux
τυτθὸν ἀποπρὸ νεῶν,	un peu devant nos vaisseaux,
ὡς ἕκαστος	afin que chacun

οἴκαδ' ἄγῃ, ὅτ' ἂν αὖτε νεώμεθα πατρίδα γαῖαν·
τύμβον δ' ἀμφὶ πυρὴν ἕνα χεύομεν ἐξαγαγόντες,
ἄκριτον ἐκ πεδίου· ποτὶ δ' αὐτὸν δείμομεν ὦκα
πύργους ὑψηλοὺς, εἶλαρ νηῶν τε καὶ αὐτῶν.
Ἐν δ' αὐτοῖσι πύλας ποιήσομεν εὖ ἀραρυίας,
ὄφρα δι' αὐτάων ἱππηλασίη ὁδὸς εἴη·
ἔκτοσθεν δὲ βαθεῖαν ὀρύξομεν ἐγγύθι τάφρον,
ἥ χ' ἵππους καὶ λαὸν ἐρυκάκοι ἀμφὶς ἐοῦσα,
μήποτ' ἐπιβρίσῃ πόλεμος Τρώων ἀγερώχων. »
Ὣς ἔφαθ'· οἱ δ' ἄρα πάντες ἐπήνησαν βασιλῆες.
Τρώων αὖτ' ἀγορὴ γένετ' Ἰλίου ἐν πόλει ἄκρῃ,
δεινὴ, τετρηχυῖα, παρὰ Πριάμοιο θύρῃσι [1].
Τοῖσιν δ' Ἀντήνωρ πεπνυμένος ἦρχ' ἀγορεύειν·
« Κέκλυτέ μευ, Τρῶες καὶ Δάρδανοι ἠδ' ἐπίκουροι,
ὄφρ' εἴπω τά με θυμὸς ἐνὶ στήθεσσι κελεύει.
Δεῦτ' ἄγετ', Ἀργείην Ἑλένην καὶ κτήμαθ' ἅμ' αὐτῇ

pères, quand nous retournerons dans notre patrie. Amassons la terre de la plaine et construisons près du bûcher un seul tombeau pour tous, et élevons sur-le-champ, près de ce tombeau, de hautes tours qui serviront de remparts à nos vaisseaux et à nous-mêmes : nous pratiquerons dans les murs des portes solidement jointes, qui livreront passage à nos chars, et nous creuserons à peu de distance, au dehors, un fossé profond, dont la ceinture arrêtera les chevaux et les guerriers ennemis, dans le cas où les fiers Troyens viendraient nous apporter la guerre. »

Il dit ; et tous les rois applaudirent. De leur côté, les Troyens se forment dans la partie haute de la ville d'Ilion, en assemblée imposante et tumultueuse, aux portes de Priam. Le sage Anténor leur adresse alors la parole :

« Écoutez-moi, Troyens, Dardaniens, et vous, peuples alliés : Je vais vous dire ce que m'inspire mon cœur. Rendons aux Atrides l'Ar-

κὲν ἄγῃ	puisse-conduire (porter)
ὀστέα οἴκαδε παισὶν,	*leurs* os à-la-maison aux enfants,
ὅτε ἂν νεώμεθα αὖτε	quand nous irons de-nouveau
γαῖαν πατρίδα·	*dans* la terre patrie ;
χεύομεν δὲ ἀμφὶ πυρὴν	et élevons près du bûcher
τύμβον ἄκριτον	un tombeau commun
ἐξαγαγόντες ἐκ πεδίου·	ayant amené *la terre* de la plaine ;
δείμομεν δὲ ὦκα	et bâtissons promptement
ποτὶ αὐτὸν πύργους ὑψηλοὺς,	près de lui des tours élevées,
εἶλαρ νηῶν τε	rempart et de *nos* vaisseaux
καὶ αὐτῶν·	et de *nous*-mêmes;
ἐν δὲ αὐτοῖσι ποιήσομεν	et dans elles nous ferons
πύλας εὖ ἀραρυίας,	des portes bien adaptées,
ὄφρα ὁδὸς	afin que une route
ἱππηλασίη	où-les-chevaux-puissent-passer
εἴη διὰ αὐτάων·	soit à travers elles ;
ἔκτοσθε δὲ ἐγγύθι	et en-dehors tout-auprès
ὀρύξομεν τάφρον βαθεῖαν,	nous creuserons un fossé profond,
ἥ ἐοῦσα ἀμφί κεν ἐρυκάκοι	qui étant autour puisse-arrêter
ἵππους καὶ λαὸν,	les chevaux et le peuple,
μήποτε πόλεμος	de-peur-que-par-hasard la guerre
Τρώων ἀγερώχων	des Troyens orgueilleux
ἐπιβρίσῃ. »	*ne* s'appesantisse-sur *nous*. »
Ἔφατο ὥς·	Il dit ainsi :
ἄρα δὲ πάντες βασιλῆες	et certes tous les rois
ἐπήνησάν οἱ.	approuvèrent lui.
Αὖτε γένετο	D'un autre côté eut-lieu
ἐν πόλει ἄκρῃ Ἰλίου,	dans la ville haute d'Ilion,
παρὰ θύρῃσι Πριάμοιο	près des portes de Priam
ἀγορὴ Τρώων	une assemblée des Troyens
δεινὴ, τετρηχυῖα.	terrible, tumultueuse.
Ἀντήνωρ δὲ πεπνυμένος	Alors Anténor prudent
ἦρχεν ἀγορεύειν τοῖσι·	commença à haranguer eux :
« Κέκλυτέ μευ,	« Ecoutez-moi,
Τρῶες καὶ Δάρδανοι ἠδὲ ἐπίκουροι,	Troyens et Dardaniens et alliés,
ὄφρα εἴπω τὰ	afin que je dise *les choses* que
θυμὸς ἐνὶ στήθεσσι	le cœur dans la poitrine
κελεύει με.	ordonne moi *dire*.
Δεῦτε ἄγετε,	Hâtez-vous, allez,
δώομεν Ἑλένην Ἀργείην	donnons Hélène Argienne

δώομεν Ἀτρείδῃσιν ἄγειν· νῦν δ' ὅρκια πιστὰ
ψευσάμενοι μαχόμεσθα· τῷ οὔ νύ τι κέρδιον ἧμιν. »
[Ἔλπομαι ἐκτελέεσθαι, ἵνα μὴ ῥέξομεν ὧδε.]
Ἤτοι ὅγ' ὣς εἰπὼν, κατ' ἄρ' ἕζετο· τοῖσι δ' ἀνέστη
δῖος Ἀλέξανδρος, Ἑλένης πόσις ἠϋκόμοιο·
ὅς μιν ἀμειβόμενος ἔπεα πτερόεντα προσηύδα·
« Ἀντῆνορ, σὺ μὲν οὐκέτ' ἐμοὶ φίλα ταῦτ' ἀγορεύεις·
οἶσθα καὶ ἄλλον μῦθον ἀμείνονα τοῦδε νοῆσαι.
Εἰ δ' ἐτεὸν δὴ τοῦτον ἀπὸ σπουδῆς ἀγορεύεις,
ἐξ ἄρα δή τοι ἔπειτα θεοὶ φρένας ὤλεσαν αὐτοί.
Αὐτὰρ ἐγὼ Τρώεσσι μεθ' ἱπποδάμοις ἀγορεύσω·
ἀντικρὺ δ' ἀπόφημι, γυναῖκα μὲν οὐκ ἀποδώσω·
κτήματα δ', ὅσσ' ἀγόμην ἐξ Ἄργεος ἡμέτερον δῶ,
πάντ' ἐθέλω δόμεναι, καὶ ἔτ' οἴκοθεν ἄλλ' ἐπιθεῖναι. »
Ἤτοι ὅγ' ὣς εἰπὼν, κατ' ἄρ' ἕζετο· τοῖσι δ' ἀνέστη

gienne Hélène avec ses richesses. Aujourd'hui, c'est en violant la foi des serments que nous faisons la guerre. Aussi je ne prévois pour nous qu'un funeste avenir, si nous ne prenons pas le parti que je vous propose. »

Après avoir ainsi parlé, il reprend sa place. Alors se lève le divin Alexandre, l'époux d'Hélène à la belle chevelure, qui lui répond et prononce ces paroles à l'aile rapide :

« Anténor, le langage que tu tiens ici ne me plaît pas, et tu dois avoir quelque meilleur conseil à nous donner. Mais si c'est sérieusement que tu parles, il faut que les dieux t'aient privé de raison. Eh bien, moi, je vais parler aussi aux Troyens, dompteurs de coursiers! Je le déclare hautement, je ne rendrai pas la femme, mais seulement les richesses, que j'ai transportées d'Argos dans mon palais ; je veux bien les rendre toutes et même y ajouter des miennes. »

Après avoir parlé ainsi, il reprit sa place. Alors se lève le fils de

καὶ κτήματα ἅμα αὐτῇ — et *ses* richesses avec elle
Ἀτρείδῃσιν ἄγειν· — aux-fils-d'Atrée *pour les* emporter ;
νῦν δὲ μαχόμεσθα — mais maintenant nous combattons
ψευσάμενοι ὅρκια πιστά· — ayant violé les serments fidèles;
τῷ νυ οὐκ ἔλπομαι — c'est pourquoi donc je n'espère pas
τὶ κέρδιον — quelque chose *de* plus avantageux
[ἐκτελέεσθαι ἧμιν, — [devoir être effectué pour nous,
ἵνα μὴ ῥέξομεν ὧδε.] » — tant que nous ne ferons pas ainsi.] »
Ὅγε ἤτοι ἄρα — Celui-ci à la vérité certes
καθέζετο εἰπὼν ὥς. — s'assit ayant dit ainsi.
Ἀλέξανδρος δὲ δῖος, — Alors Alexandre divin,
πόσις Ἑλένης ἠϋκόμοιο, — époux d'Hélène à-la-belle-chevelure,
ἀνέστη τοῖσιν· — se leva-au-milieu d'eux ;
ὅς ἀμειβόμενος προσηύδα μιν — lequel répondant dit-à lui
ἔπεα πτερόεντα· — *ces* paroles ailées :
« Ἀντῆνορ, σὺ μὲν — « Anténor, toi à la vérité
οὐκ ἀγορεύεις ἔτι ταῦτα — tu ne dis plus ces *paroles*
φίλα ἐμοί· — agréables à moi ;
οἶσθα νοῆσαι — tu sais (tu pourrais) avoir imaginé
καὶ ἄλλον μῦθον — même un autre discours
ἀμείνονα τοῦδε. — meilleur *que* celui-là.
Εἰ δὲ ἐτεὸν δὴ ἀγορεύεις — Et si vraiment donc tu dis
τοῦτον ἀπὸ σπουδῆς, — ce *discours* sérieusement,
ἄρα δὴ ἔπειτα θεοὶ αὐτοὶ — alors certes déjà les dieux mêmes
ἐξώλεσαν φρένας τοι. — ont anéanti l'esprit à toi.
Αὐτὰρ ἐγὼ ἀγορεύσω — De mon côté moi je parlerai
μετὰ Τρώεσσιν — parmi les Troyens
ἱπποδάμοις· — dompteurs-de-chevaux ;
ἀπόφημι δὲ ἀντικρὺ, — mais je *le* déclare en-face,
οὐ μὲν ἀποδώσω — je ne rendrai pas à la vérité
γυναῖκα· — *mon* épouse ;
ἐθέλω δὲ δόμεναι — mais je veux donner
πάντα κτήματα — toutes les richesses
ὅσσα ἀγόμην ἐξ Ἄργεος — lesquelles j'ai amenées d'Argos
ἡμέτερον δῶ, — dans notre maison,
καὶ ἔτι ἐπιθεῖναι ἄλλα — et de plus *en* ajouter d'autres
οἴκοθεν. » — *les tirant* de-ma-maison. »
Ὅγε ἤτοι ἄρα — Celui-ci à la vérité certes
καθέζετο εἰπὼν ὥς· — s'assit ayant dit ainsi;
ἀνέστη δὲ τοῖσι — alors se leva-au-milieu d'eux

Δαρδανίδης Πρίαμος, θεόφιν μήστωρ ἀτάλαντος·
ὅ σφιν ἐϋφρονέων ἀγορήσατο καὶ μετέειπε·
« Κέκλυτέ μευ, Τρῶες καὶ Δάρδανοι ἠδ' ἐπίκουροι,
ὄφρ' εἴπω τά με θυμὸς ἐνὶ στήθεσσι κελεύει.
Νῦν μὲν δόρπον ἕλεσθε κατὰ πτόλιν, ὡς τοπάρος περ,
καὶ φυλακῆς μνήσασθε, καὶ ἐγρήγορθε ἕκαστος·
ἠῶθεν δ' Ἰδαῖος ἴτω κοίλας ἐπὶ νῆας,
εἰπέμεν Ἀτρείδῃς, Ἀγαμέμνονι καὶ Μενελάῳ,
μῦθον Ἀλεξάνδροιο, τοῦ εἵνεκα νεῖκος ὄρωρε·
καὶ δὲ τόδ' εἰπέμεναι πυκινὸν ἔπος, αἴ κ' ἐθέλωσι
παύσασθαι πολέμοιο δυσηχέος, εἰσόκε νεκροὺς
κήομεν· ὕστερον αὖτε μαχησόμεθ', εἰσόκε δαίμων
ἄμμε διακρίνῃ, δώῃ δ' ἑτέροισί γε νίκην. »
Ὣς ἔφαθ'· οἱ δ' ἄρα τοῦ μάλα μὲν κλύον, ἠδ' ἐπίθοντο·
[δόρπον ἔπειθ' εἵλοντο κατὰ στρατὸν ἐν τελέεσσιν·]
ἠῶθεν δ' Ἰδαῖος ἔβη κοίλας ἐπὶ νῆας.

Dardanus, Priam, que sa sagesse égale aux dieux. Il parle aux Troyens avec bienveillance et dit :

« Écoutez-moi, Troyens, Dardaniens, et vous, alliés : Je vais vous dire ce que m'inspire mon cœur. Prenez maintenant votre repas du soir dans la ville, comme de coutume, et que chacun se souvienne de faire bonne garde et de veiller. Demain, dès l'aurore, Idéus ira vers les vaisseaux creux rapporter aux Atrides Agamemnon et Ménélas les paroles d'Alexandre, qui a suscité cette guerre, et il leur proposera, par de sages discours, de suspendre les horreurs de la guerre, jusqu'à ce que nous ayons brûlé nos morts. Plus tard, nous reprendrons les armes pour ne les déposer que lorsqu'un dieu viendra nous séparer, et donner la victoire aux uns ou aux autres. »

Il dit. Les Troyens l'écoutent et se conforment à ses paroles. Dans tous les rangs de l'armée on prend le repas du soir. Dès l'aurore, Idéus se rend vers les creux navires ; il trouve les Grecs, serviteurs de Mars,

Πρίαμος Δαρδανίδης,
μήστωρ ἀτάλαντος θεόφιν·
ὁ εὔφρονέων
ἀγορήσατο καὶ μετέειπέ σφιν·
« Κέκλυτέ μευ,
Τρῶες καὶ Δάρδανοι ἠδὲ ἐπίκουροι,
ὄφρα εἴπω
τὰ θυμὸς
ἐνὶ στήθεσσι
κελεύει με.
Νῦν μὲν ἕλεσθε
δόρπον κατὰ πτόλιν,
ὡς τὸ πάρος περ,
καὶ μνήσασθε φυλακῆς,
καὶ ἐγρήγορθε ἕκαστος·
ἠῶθεν δὲ Ἰδαῖος
ἴτω ἐπὶ νῆας κοίλας
εἰπέμεν Ἀτρείδῃς,
Ἀγαμέμνονι καὶ Μενελάῳ,
μῦθον Ἀλεξάνδροιο,
εἵνεκα τοῦ νεῖκος ὄρωρε·
καὶ δὲ εἰπέμεναι ἔπος πυκινὸν,
αἴ κεν ἐθέλωσι παύσασθαι
πολέμοιο δυσηχέος,
εἰσόκε
κήομεν νεκρούς·
ὕστερον μαχησόμεθα
αὖτε,
εἰσόκε δαίμων
διακρίνῃ ἄμμε,
δώῃ δέ γε
νίκην ἑτέροισιν. »
Ἔφατο ὥς·
οἱ δὲ μὲν ἄρα
κλύον μάλα τοῦ
ἠδὲ ἐπίθοντο·
[ἔπειτα εἵλοντο δόρπον
κατὰ στρατὸν ἐν τελέεσσιν·]
ἠῶθεν δὲ Ἰδαῖος
ἔβη ἐπὶ νῆας κοίλας.

Priam fils-de-Dardanus,
conseiller égal aux Dieux;
lequel pensant-bien
harangua et dit-à eux :
« Ecoutez-moi,
Troyens et Dardaniens et alliés,
afin que je dise
les choses que le cœur
dans la poitrine
ordonne moi *dire*.
Maintenant à la vérité prenez
le repas par la ville,
comme auparavant du moins,
et souvenez-vous de la garde,
et soyez éveillés chacun ;
mais *que* dès-le-matin Idéus
aille vers les vaisseaux creux
dire aux-fils-d'Atrée,
à Agamemnon et à Ménélas,
la parole d'Alexandre,
à cause duquel la querelle s'éleva ;
et aussi dire ce mot prudent,
si ils voudraient avoir cessé
la guerre au-bruit-horrible,
jusqu'à ce que
nous ayons brûlé les morts;
plus-tard nous combattrons
de-rechef,
jusqu'à ce qu'un dieu
ait séparé nous,
et *que* il ait donné du moins
la victoire à l'un-des-deux. »
Il dit ainsi ;
et ceux-ci à la vérité certes
écoutaient fortement lui,
et obéissaient ;
[ensuite ils prirent le repas
par l'armée dans les rangs ;]
et dès-le-matin Idéus
marcha vers les vaisseaux creux.

Τοὺς δ' εὗρ' εἰν ἀγορῇ Δαναοὺς, θεράποντας Ἄρηος,
νηῒ πάρα πρύμνῃ Ἀγαμέμνονος· αὐτὰρ ὁ τοῖσι,
στὰς ἐν μέσσοισιν, μετεφώνεεν ἠπύτα κῆρυξ·
« Ἀτρεΐδη τε καὶ ἄλλοι ἀριστῆες Παναχαιῶν,
ἠνώγει Πρίαμός τε, καὶ ἄλλοι Τρῶες ἀγαυοὶ,
εἰπεῖν (αἴ κέ περ ὔμμι φίλον καὶ ἡδὺ γένοιτο!)
μῦθον Ἀλεξάνδροιο, τοῦ εἵνεκα νεῖκος ὄρωρε·
κτήματα μὲν, ὅσ' Ἀλέξανδρος κοίλῃς ἐνὶ νηυσὶν
ἠγάγετο Τροίηνδ', (ὡς πρὶν ὤφελλ' ἀπολέσθαι!)
πάντ' ἐθέλει δόμεναι, καὶ ἔτ' οἴκοθεν ἄλλ' ἐπιθεῖναι·
κουριδίην δ' ἄλοχον Μενελάου κυδαλίμοιο
οὔ φησιν δώσειν· ἦ μὴν Τρῶές γε κέλονται.
Καὶ δὲ τόδ' ἠνώγεον εἰπεῖν ἔπος, αἴ κ' ἐθέλητε
παύσασθαι πολέμοιο δυσηχέος, εἰσόκε νεκροὺς
κήομεν· ὕστερον αὖτε μαχησόμεθ', εἰσόκε δαίμων
ἄμμε διακρίνῃ, δώῃ δ' ἑτέροισί γε νίκην. »

assemblés près du vaisseau d'Agamemnon. Alors le héraut, s'avançant au milieu d'eux, leur dit d'une voix haute :

« Fils d'Atrée, et vous, chefs de tous les Grecs, Priam et les autres Troyens illustres m'ont envoyé vers vous pour vous rapporter les paroles d'Alexandre, l'auteur de la guerre. Toutes les richesses qu'Alexandre apporta à Troie dans ses vaisseaux creux (que n'a-t-il péri auparavant !), il consent à les rendre toutes, et même à y ajouter des siennes ; mais il dit qu'il ne rendra pas la noble épouse du glorieux Ménélas ; cependant les Troyens l'y exhortent. Ce sont eux aussi qui m'ont chargé de vous demander si vous voulez consentir à suspendre les horreurs de la guerre, jusqu'à ce que nous ayons brûlé nos morts. Plus tard, nous reprendrons les armes jusqu'à ce qu'une divinité nous sépare et donne la victoire à l'un des deux peuples. »

Εὗρε δὲ Δαναούς,	Et il trouva les fils-de-Danaüs,
θεράποντας Ἄρηος, εἰν ἀγορῇ	serviteurs de Mars, dans une assemblée
παρὰ νηῒ πρύμνῃ	près du vaisseau extrême
Ἀγαμέμνονος·	d'Agamemnon;
αὐτὰρ ὁ κῆρυξ ἠπύτα,	or le héraut à-la-voix-forte,
στὰς ἐν μέσσοισι,	s'étant tenu-debout au milieu,
μετεφώνεε τοῖσιν·	s'écria-parmi eux :
« Ἀτρείδη τε	« Et *toi* fils-d'Atrée
καὶ ἄλλοι ἀριστῆες	et *vous* autres les meilleurs
Παναχαιῶν,	de tous-les-Achéens,
Πρίαμός τε ἠνώγει	et Priam *m*'a ordonné
καὶ ἄλλοι Τρῶες ἀγαυοί,	ainsi-que les autres Troyens illustres,
εἰπεῖν μῦθον Ἀλεξάνδροιο,	de dire la parole d'Alexandre,
εἵνεκα τοῦ νεῖκος ὄρωρεν,	à cause duquel la dispute s'éleva,
αἴ πέρ κε γένοιτο	si toutefois *cela* pouvait-être
φίλον καὶ ἡδὺ ὔμμιν !	agréable et doux à vous;
Ἀλέξανδρος ἐθέλει μὲν	Alexandre veut à la vérité
δόμεναι πάντα κτήματα	donner toutes les richesses
ὅσα ἠγάγετο Τροίηνδε	lesquelles il amena à Troie
ἐνὶ νηυσὶ κοίλῃς,	dans *ses* vaisseaux creux,
— ὡς ὤφελλεν	— comme il devait
ἀπολέσθαι πρίν!—	avoir péri auparavant ! —
καὶ ἔτι ἐπιθεῖναι ἄλλα	et de plus *en* ajouter d'autres
οἴκοθεν·	*les tirant* de-sa-maison ;
φησὶ δὲ οὐ δώσειν	mais il dit ne devoir pas donner
ἄλοχον κουριδίην	l'épouse légitime
Μενελάου κυδαλίμοιο·	de Ménélas glorieux;
ἦ μὴν γε	certes cependant du moins
Τρῶες κέλονται.	les Troyens *l'y* exhortent.
Καὶ δὲ ἠνώγεον	Et aussi ils ont ordonné *moi*
εἰπεῖν τόδε ἔπος,	dire cette parole,
αἴ κεν ἐθέλητε παύσασθαι	si vous voudriez cesser
πολέμοιο δυσηχέος,	la guerre au-bruit-horrible,
εἰσόκε	jusqu'à ce que
κήομεν νεκρούς·	nous ayons brûlé les morts ;
ὕστερον μαχησόμεθα αὖτε,	plus tard nous combattrons derechef,
εἰσόκε δαίμων	jusqu'à ce qu'un dieu
διακρίνῃ ἄμμε,	ait séparé nous,
δώῃ δέ γε	et *que* il ait donné du moins
νίκην ἑτέροισιν. »	la victoire aux-uns-ou-aux-autres. »

Ὣς ἔφαθ'· οἱ δ' ἄρα πάντες ἀκὴν ἐγένοντο σιωπῇ.
Ὀψὲ δὲ δὴ μετέειπε βοὴν ἀγαθὸς Διομήδης·
« Μήτ' ἄρ τις νῦν κτήματ' Ἀλεξάνδροιο δεχέσθω,
μήθ' Ἑλένην· γνωτὸν δὲ, καὶ ὃς μάλα νήπιός ἐστιν,
ὡς ἤδη Τρώεσσιν ὀλέθρου πείρατ' ἐφῆπται. »
Ὣς ἔφαθ'· οἱ δ' ἄρα πάντες ἐπίαχον υἷες Ἀχαιῶν,
μῦθον ἀγασσάμενοι Διομήδεος ἱπποδάμοιο.
Καὶ τότ' ἄρ' Ἰδαῖον προσέφη κρείων Ἀγαμέμνων·
« Ἰδαῖ', ἤτοι μῦθον Ἀχαιῶν αὐτὸς ἀκούεις,
ὥς τοι ὑποκρίνονται· ἐμοὶ δ' ἐπιανδάνει οὕτως·
ἀμφὶ δὲ νεκροῖσιν, κατακηέμεν οὔτι μεγαίρω·
οὐ γάρ τις φειδὼ νεκύων κατατεθνηώτων
γίγνετ', ἐπεί κε θάνωσι, πυρὸς μειλισσέμεν ὦκα [1].
Ὅρκια δὲ Ζεὺς ἴστω, ἐρίγδουπος πόσις Ἥρης. »
Ὣς εἰπὼν, τὸ σκῆπτρον ἀνέσχεθε πᾶσι θεοῖσιν·

Il dit. Tout le monde garda un profond silence. Mais à la fin, le vaillant Diomède prit la parole :

« Qu'on n'accepte à présent ni les richesses d'Alexandre, ni Hélène : il est évident, même pour un enfant, que les Troyens touchent à l'heure de leur ruine ! »

Il dit. Tous les enfants des Grecs applaudirent, admirant le discours de Diomède, dompteur de chevaux. Alors le puissant Agamemnon dit à Idéus :

« Idéus, tu entends toi-même le langage des Grecs et leur réponse. Je partage leurs sentiments. Quant aux morts, je ne m'oppose pas à ce qu'on les brûle. Il ne faut pas négliger de rendre au plus vite les derniers devoirs aux morts et d'apaiser par le feu les mânes de ceux qui ont succombé. Que mes serments soient entendus de Jupiter, l'époux de Junon, qui tonne au ciel ! »

A ces mots, il élève son sceptre vers tous les dieux. Alors Idéus

Ἔφατο ὥς·	Il dit ainsi ;
οἱ δὲ ἄρα πάντες	or donc eux tous ·
ἐγένοντο ἀκὴν σιωπῇ.	devinrent en-repos, en silence.
Ὀψὲ δὲ δὴ Διομήδης	Mais ensuite enfin Diomède,
ἀγαθὸς βοὴν	brave *quant* au combat,
μετέειπεν·	dit-au-milieu *d'eux :*
« Ἄρα τις νῦν	« *Que* quelqu'un donc maintenant
μήτε δεχέσθω κτήματα	ne reçoive ni les richesses
Ἀλεξάνδροιο,	d'Alexandre,
μήτε Ἑλένην·	ni Hélène ;
γνωτὸν δὲ καὶ	or *c'est chose* connue même
ὃς ἐστι μάλα νήπιος,	*de celui* qui est tout-à-fait enfant,
ὡς ἤδη πείρατα ὀλέθρου	que déjà les termes de la ruine
ἐφῆπται Τρώεσσιν. »	sont suspendus-sur les Troyens. »
Ἔφατο ὥς·	Il dit ainsi :
ἄρα δὲ πάντες υἷες Ἀχαιῶν	or donc tous les fils des Achéens
ἐπίαχόν οἱ,	le saluaient-par-des-acclamations,
ἀγασσάμενοι μῦθον	ayant admiré le discours
Διομήδεος ἱπποδάμοιο.	de Diomède dompteur-de-chevaux.
Καὶ τότε ἄρα Ἀγαμέμνων κρείων	Et alors donc Agamemnon puissant
προσέφη Ἰδαῖον·	dit-à Idéus :
« Ἰδαῖε,	« Idéus,
ἤτοι ἀκούεις αὐτὸς	certes tu entends toi-même
μῦθον Ἀχαιῶν,	le discours des Achéens,
ὡς ὑποκρίνονταί τοι·	comme ils répondent à toi ;
ἐπιανδάνει δὲ ἐμοὶ οὕτως·	et il plaît à moi ainsi ;
ἀμφὶ δὲ νεκροῖσιν,	mais touchant les morts,
οὔτι μεγαίρω	je n'envie (ne refuse) nullement
κατακηέμεν·	de *les* brûler ;
οὔτις γὰρ φειδὼ γίγνεται	car aucune épargne n'a lieu
νεκύων κατατεθνηώτων,	*envers* les cadavres étant-morts,
ἐπεί κε θάνωσι,	après qu'ils sont morts,
μειλισσέμεν ὦκα	*pour les* calmer promptement
πυρός·	*par* le feu ;
Ζεὺς δὲ,	mais *que* Jupiter,
πόσις ἐρίγδουπος Ἥρης,	époux très-bruyant de Junon,
ἴστω ὅρκια. »	sache *nos* serments. «
Εἰπὼν ὥς,	Ayant dit ainsi,
ἀνέσχεθε σκῆπτρον	il leva *son* sceptre
πᾶσι θεοῖσιν·	à tous les dieux ;

ἄψοῤῥον δ' Ἰδαῖος ἔβη προτὶ Ἴλιον ἱρήν.
Οἱ δ' ἕατ' εἰν ἀγορῇ Τρῶες καὶ Δαρδανίωνες,
πάντες ὁμηγερέες, ποτιδέγμενοι ὁππότ' ἂν ἔλθοι
Ἰδαῖος. Ὁ δ' ἄρ' ἦλθε, καὶ ἀγγελίην ἀπέειπε,
στὰς ἐν μέσσοισιν. Τοὶ δ' ὡπλίζοντο μάλ' ὦκα,
ἀμφότερον, νέκυάς τ' ἀγέμεν, ἕτεροι δὲ μεθ' ὕλην.
Ἀργεῖοι δ' ἑτέρωθεν ἐϋσσέλμων ἀπὸ νηῶν
ὤτρυνον, νέκυάς τ' ἀγέμεν, ἕτεροι δὲ μεθ' ὕλην.
Ἠέλιος μὲν ἔπειτα νέον προσέβαλλεν ἀρούρας,
ἐξ ἀκαλαῤῥείταο βαθυῤῥόου Ὠκεανοῖο
οὐρανὸν εἰσανιών· οἱ δ' ἤντεον ἀλλήλοισιν.
Ἔνθα διαγνῶναι χαλεπῶς ἦν ἄνδρα ἕκαστον·
ἀλλ' ὕδατι νίζοντες ἄπο βρότον αἱματόεντα,
δάκρυα θερμὰ χέοντες, ἀμαξάων ἐπάειραν.
Οὐδ' εἶα κλαίειν Πρίαμος μέγας· οἱ δὲ σιωπῇ
νεκροὺς πυρκαϊῆς ἐπενήνεον, ἀχνύμενοι κῆρ·
ἐν δὲ πυρὶ πρήσαντες, ἔβαν προτὶ Ἴλιον ἱρήν.

retourne vers la ville sacrée d'Ilion. Cependant, Troyens et Dardaniens, tous réunis en assemblée, attendaient le retour d'Idéus. Le héraut arrive, et, debout au milieu des Troyens, leur expose le résultat de son message. Tout le monde s'empresse alors, les uns d'amener les corps des guerriers morts; les autres, d'apporter du bois. De leur côté, les Grecs s'éloignent aussi de leurs vaisseaux garnis de rames, pour aller ramasser leurs morts et couper du bois.

Le soleil commençait à frapper la terre de ses rayons, et, quittant le lit profond du paisible Océan, montait dans le ciel. Les Grecs et les Troyens se confondent; mais il leur est difficile de distinguer leurs guerriers parmi les morts. Ils lavent avec de l'eau leurs plaies sanglantes, et, pleurant à chaudes larmes, il les chargent sur leurs chars. Mais le grand Priam ne permet pas aux Troyens de pleurer : ils entassent donc les cadavres sur le bûcher, le cœur plein d'une muette douleur; et après les avoir consumés à l'aide du feu, ils s'en retournent vers la ville sacrée d'Ilion. De leur côté, les Grecs aux belles

Ἰδαῖος δὲ ἔβη ἄψοῤῥον	et Idéus marcha en-arrière
προτὶ Ἴλιον ἱρήν.	vers Ilion sacrée.
Οἱ δὲ Τρῶες	Or les Troyens
καὶ Δαρδανίωνες	et les Dardaniens
ἕατο εἰν ἀγορῇ,	étaient assis en assemblée,
πάντες ὁμηγερέες, ποτιδέγμενοι,	tous réunis, attendant,
ὁππότε	quand (le moment où)
Ἰδαῖος ἂν ἔλθοι·	Idéus serait revenu ;
ὁ δὲ ἄρα ἦλθε,	or donc celui-ci vint,
καὶ στὰς ἐν μέσσοισιν,	et se tenant-debout au milieu,
ἀπέειπεν ἀγγελίην.	il exposa le message.
Τοὶ δὲ ὡπλίζοντο μάλα ὦκα	Et ceux-ci s'apprêtaient très vite
ἀμφότερον,	*pour* l'un-et-l'autre *ouvrage*,
ἀγέμεν τε νέκυας,	et à emmener les morts,
ἕτεροι δὲ μετὰ ὕλην.	et d'autres pour le bois ;
Ἑτέρωθεν δὲ Ἀργεῖοι	et de-l'autre-côté les Argiens
ὤτρυνον ἀπὸ νηῶν	se hâtaient loin de *leurs* vaisseaux
ἐϋσσέλμων,	bien-garnis-de-bancs-de-rameurs
ἀγέμεν τε νέκυας,	et d'emmener les morts,
ἕτεροι δὲ μετὰ ὕλην.	et d'autres pour le bois.
Ἔπειτα μὲν ἠέλιος	Ensuite à la vérité le soleil
προσέβαλλε νέον ἀρούρας,	touchait récemment les champs,
εἰσανιὼν οὐρανὸν	étant monté-dans le ciel
ἐξ Ὠκεανοῖο βαθυῤῥόου	*sorti* de l'Océan profond
ἀκαλαῤῥείταο·	au-cours-paisible ;
οἱ δὲ ἤντεον	et ceux-ci se rencontraient
ἀλλήλοισιν.	les-uns-les-autres.
Ἔνθα ἦν χαλεπῶς	Alors il était difficilement (difficile)
διαγνῶναι ἕκαστον ἄνδρα·	de reconnaître chaque homme ;
ἀλλὰ ἀπονίζοντες ὕδατι	mais lavant avec de l'eau
βρότον αἱματόεντα,	les taches sanglantes,
χέοντες δάκρυα θερμὰ,	versant des larmes chaudes,
ἐπάειραν ἀμαξάων.	ils *les* élevèrent-sur des chars.
Μέγας δὲ Πρίαμος	Et le grand Priam
οὐκ εἴα κλαίειν·	ne permettait pas de pleurer ;
οἱ δὲ ἐπενήνεον σιωπῇ	et ceux-ci entassaient en-silence
νεκροὺς πυρκαϊῆς,	les morts sur le bûcher,
ἀχνύμενοι κῆρ·	étant affligés *quant* au cœur ;
πρήσαντες δὲ ἐν πυρὶ,	et *les* ayant brûlés dans le feu,
ἔβαν προτὶ Ἴλιον ἱρήν.	ils marchèrent vers Ilion sacrée.

Ὣς δ' αὔτως ἑτέρωθεν ἐϋκνήμιδες Ἀχαιοὶ
νεκροὺς πυρκαϊῆς ἐπενήνεον, ἀχνύμενοι κῆρ·
ἐν δὲ πυρὶ πρήσαντες, ἔβαν κοίλας ἐπὶ νῆας.
Ἦμος δ' οὔτ' ἄρ πω ἠώς, ἔτι δ' ἀμφιλύκη νύξ,
τῆμος ἄρ' ἀμφὶ πυρὴν κριτὸς ἔγρετο λαὸς Ἀχαιῶν·
τύμβον δ' ἀμφ' αὐτὴν ἕνα ποίεον ἐξαγαγόντες,
ἄκριτον ἐκ πεδίου· ποτὶ δ' αὐτὸν τεῖχος ἔδειμαν,
πύργους θ' ὑψηλούς, εἶλαρ νηῶν τε καὶ αὐτῶν·
ἐν δ' αὐτοῖσι πύλας ἐνεποίεον εὖ ἀραρυίας,
ὄφρα δι' αὐτάων ἱππηλασίη ὁδὸς εἴη·
ἔκτοσθεν δὲ βαθεῖαν ἐπ' αὐτῷ τάφρον ὄρυξαν,
εὐρεῖαν, μεγάλην· ἐν δὲ σκόλοπας κατέπηξαν.
Ὣς οἱ μὲν πονέοντο καρηκομόωντες Ἀχαιοί.
Οἱ δὲ θεοὶ πὰρ Ζηνὶ καθήμενοι ἀστεροπητῇ,
θηεῦντο μέγα ἔργον Ἀχαιῶν χαλκοχιτώνων·
τοῖσι δὲ μύθων ἦρχε Ποσειδάων ἐνοσίχθων·

cnémides entassent aussi leurs morts sur le bûcher, le cœur plein de tristesse, et après les avoir livrés aux flammes, ils se dirigent vers leurs creux navires.

L'aurore n'avait pas encore paru et la nuit était douteuse, quand des guerriers choisis dans l'armée des Grecs, se rassemblèrent autour du bûcher. Ils construisirent auprès un seul tombeau, commun pour tous, en amenant de la terre de la plaine; puis ils élevèrent une muraille et de hautes tours, pour servir de remparts à leurs vaisseaux et à eux-mêmes. Ils y pratiquèrent des portes solidement jointes, pour livrer passage aux chars. A l'extérieur, ils creusèrent un fossé profond d'une grande largeur, et y plantèrent des pieux. Ainsi travaillaient les Grecs à la belle chevelure.

Les dieux, assis auprès de Jupiter qui lance les éclairs, contemplaient l'œuvre immense des Grecs à la tunique d'airain. Cependant Neptune, qui ébranle la terre, prend la parole et dit :

Ἑτέρωθεν δὲ αὔτως	Et de-l'autre-côté également
Ἀχαιοὶ εὐκνήμιδες	les Achéens aux-belles-cnémides
ὑπενήνεον σιωπῇ	entassaient en-silence
νεκροὺς πυρκαϊῆς,	les morts sur le bûcher,
ἀχνύμενοι κῆρ·	étant affligés *quant* au cœur;
πρήσαντες δὲ ἐν πυρὶ,	et *les* ayant brûlés dans le feu,
ἔβαν	ils marchèrent
ἐπὶ νῆας κοίλας.	vers les vaisseaux creux.
Ἦμος δὲ ἠὼς	Or comme l'aurore
οὔτι ἄρα πω,	n'*avait* pas encore *paru*,
νὺξ δὲ	mais *que* la nuit
ἔτι ἀμφιλύκη,	*était* encore à-demi-éclaircie,
τῆμος ἄρα ἀμφὶ πυρὴν	alors donc autour du bûcher
λαὸς κριτὸς Ἀχαιῶν ἔγρετο·	le peuple choisi des Achéens se leva;
ποίεον δὲ ἀμφὶ αὐτὴν	et ils firent près de lui
ἕνα τύμβον ἄκριτον,	un *seul* tombeau commun,
ἐξαγαγόντες ἐκ πεδίου·	ayant amené *la terre* de la plaine;
ἔδειμαν δὲ ποτὶ αὐτὸν	et ils bâtirent près de lui
τεῖχος πύργους τε ὑψηλοὺς,	un mur et des tours élevées,
εἶλαρ νηῶν τε	rempart et de *leurs* vaisseaux
καὶ αὐτῶν.	et d'*eux*-mêmes.
Ἐν δὲ αὐτοῖσιν	Et dans elles
ἐνεποίεον πύλας εὖ ἀραρυίας,	ils firent des portes bien adaptées,
ὄφρα ὁδὸς	afin que une route
ἱππηλασίη	où-les-chevaux-puissent-passer
εἴη διὰ αὐτάων·	fût à travers elles;
ἔκτοσθε δὲ ἐπὶ αὐτῷ	et en-dehors auprès de lui
ὄρυξαν τάφρον βαθεῖαν,	ils creusèrent un fossé profond,
εὐρεῖαν, μεγάλην·	large, grand,
ἐγκατέπηξαν δὲ σκόλοπας.	et fichèrent-dedans des palissades.
Ὣς πονέοντο μὲν	Ainsi travaillaient à la vérité
οἱ Ἀχαιοὶ καρηκομόωντες.	les Achéens chevelus.
Οἱ δὲ θεοὶ καθήμενοι	Mais les dieux étant assis
πὰρ Ζηνὶ	près de Jupiter
ἀστεροπητῇ	qui-lance-les-éclairs
θηεῦντο	regardaient-avec-étonnement
μέγα ἔργον Ἀχαιῶν	le grand ouvrage des Achéens
χαλκοχιτώνων·	cuirassés-d'airain;
Ποσειδάων δὲ ἐνοσίχθων	et Neptune, qui-ébranle-la-terre,
ἦρχε μύθων τοῖσι·	commença les discours à eux :

« Ζεῦ πάτερ, ἦ ῥά τίς ἐστι βροτῶν ἐπ' ἀπείρονα γαῖαν,
ὅστις ἔτ' ἀθανάτοισι νόον καὶ μῆτιν ἐνίψει [1];
οὐχ ὁράᾳς ὅτι δ' αὖτε καρηκομόωντες Ἀχαιοὶ
τεῖχος ἐτειχίσσαντο νεῶν ὕπερ, ἀμφὶ δὲ τάφρον
ἤλασαν, οὐδὲ θεοῖσι δόσαν κλειτὰς ἑκατόμβας;
τοῦ δ' ἤτοι κλέος ἔσται, ὅσον τ' ἐπικίδναται ἠώς·
τοῦ δ' ἐπιλήσονται ὅ τ' ἐγὼ καὶ Φοῖβος Ἀπόλλων
ἥρῳ Λαομέδοντι πολίσσαμεν ἀθλήσαντε. »
Τὸν δὲ μέγ' ὀχθήσας προσέφη νεφεληγερέτα Ζεύς·
« Ὢ πόποι, Ἐννοσίγαι' εὐρυσθενές, οἷον ἔειπες!
ἄλλος κέν τις τοῦτο θεῶν δείσειε νόημα,
ὃς σέο πολλὸν ἀφαυρότερος χεῖράς τε μένος τε·
σὸν δ' ἤτοι κλέος ἔσται, ὅσον τ' ἐπικίδναται ἠώς.
Ἄγρει μάν, ὅτ' ἂν αὖτε καρηκομόωντες Ἀχαιοὶ
οἴχωνται σὺν νηυσὶ φίλην ἐς πατρίδα γαῖαν,

« Puissant Jupiter, sera-t-il encore quelque mortel sur la terre immense, pour vanter la sagesse et la prudence des immortels? Ne vois-tu pas que les Grecs à la belle chevelure ont bâti une muraille pour couvrir leurs vaisseaux; qu'ils l'ont enceinte d'un fossé et n'ont point offert aux dieux d'illustres hécatombes? La gloire de cet ouvrage s'étendra par tous les lieux que visite l'aurore, et l'on oubliera désormais les remparts que nous avons élevés Phébus et moi, quand nous avons bâti la ville du roi Laomédon! »

Jupiter, qui assemble les nuages, lui répond indigné : « Dieu puissant, qui fais trembler la terre, qu'as-tu dit là! Permis à quelque autre dieu, qui n'a ni ta force, ni ton courage, de concevoir de pareilles craintes; mais toi, ta gloire s'étendra par tous les lieux que visite l'aurore. Courage! Lorsque les Grecs à la belle chevelure retourneront avec leurs vaisseaux dans leur chère patrie, abats cette muraille et

« Ζεῦ πάτερ,	« Jupiter père,
ἦ ῥα	est-ce que certes
τὶς βροτῶν	quelqu'un des mortels
ἐστὶν ἐπὶ γαῖαν ἀπείρονα,	*est* sur la terre sans-bornes,
ὅστις ἐνίψει ἔτι ἀθανάτοισι	lequel dira désormais aux immortels
νόον καὶ μῆτιν;	du sens et de la sagesse ?
οὐχ ὁράας	ne vois-tu pas
ὅτι Ἀχαιοὶ καρηκομόωντες	que les Achéens chevelus
ἐτειχίσσαντο αὖτε τεῖχος	ont bâti de nouveau un mur
ὑπὲρ νεῶν,	devant *leurs* vaisseaux,
ἤλασαν δὲ ἀμφὶ τάφρον,	et ont mené autour un fossé,
οὐδὲ δόσαν θεοῖσιν	et n'ont pas donné aux dieux
ἑκατόμβας κλειτάς;	des hécatombes illustres ?
κλέος δὲ τοῦ ἤτοι	et la gloire de celui-ci certes
ἔσται ὅσον τε	sera *aussi grande* que grande
ἐπικίδναται ἠώς·	se répand l'aurore ;
ἐπιλήσονται δὲ τοῦ,	mais ils oublieront celui-là,
ὅτε ἐγὼ καὶ Φοῖβος Ἀπόλλων	quand moi et Phébus Apollon
πολίσσαμεν ἀθλήσαντε	fondâmes-une-ville ayant travaillé
ἥρῳ Λαομέδοντι. »	pour le héros Laomédon. »
Ζεὺς δὲ	Or Jupiter
νεφεληγερέτα	qui-rassemble-les-nuages
ὀχθήσας μέγα	s'étant indigné grandement
προσέφη τόν·	dit-à lui :
« Ὢ πόποι,	« O grands-dieux,
Ἐννοσίγαιε	*Neptune* qui-ébranles-la-terre,
εὐρυσθενές,	puissant-au-loin,
οἷον ἔειπες;	quelle *chose* as-tu dite ?
ἄλλος τις θεῶν	Quelque autre des dieux
ὃς πολλὸν	lequel *serait* de beaucoup
ἀφαυρότερος σέο	plus impuissant que toi
χεῖράς τε μένος τε·	et *par* les mains et *par* le courage,
κὲ δείσειε τοῦτο νόημα,	pourrait-craindre ce dessein ;
σὸν δὲ κλέος ἤτοι	mais ta gloire certes
ἔσται ὅσον τε	sera *aussi grande* que grande
ἐπικίδναται ἠώς.	se répand l'aurore.
Μὰν ἄγρει,	En vérité prends *courage*,
ὅτε Ἀχαιοὶ καρηκομόωντες	lorsque les Achéens chevelus
ἂν οἴχωνται αὖτε σὺν νηυσὶν	iront de nouveau avec les vaisseaux
ἐς γαῖαν πατρίδα φίλην,	dans *leur* terre patrie chérie,

τεῖχος ἀναρρήξας, τὸ μὲν εἰς ἅλα πᾶν καταχεῦαι,
αὖτις δ' ἠϊόνα μεγάλην ψαμάθοισι καλύψαι,
ὥς κέν τοι μέγα τεῖχος ἀμαλδύνηται Ἀχαιῶν. »
Ὣς οἱ μὲν τοιαῦτα πρὸς ἀλλήλους ἀγόρευον.
Δύσετο δ' ἠέλιος, τετέλεστο δὲ ἔργον Ἀχαιῶν·
βουφόνεον δὲ κατὰ κλισίας, καὶ δόρπον ἕλοντο.
Νῆες δ' ἐκ Λήμνοιο παρέστασαν, οἶνον ἄγουσαι,
πολλαί, τὰς προέηκεν Ἰησονίδης Εὔνηος,
τόν ῥ' ἔτεχ' Ὑψιπύλη ὑπ' Ἰήσονι, ποιμένι λαῶν·
χωρὶς δ' Ἀτρεΐδῃς Ἀγαμέμνονι καὶ Μενελάῳ,
δῶκεν Ἰησονίδης ἀγέμεν μέθυ, χίλια μέτρα.
Ἔνθεν ἄρ' οἰνίζοντο καρηκομόωντες Ἀχαιοί,
ἄλλοι μὲν χαλκῷ, ἄλλοι δ' αἴθωνι σιδήρῳ,
ἄλλοι δὲ ῥινοῖς, ἄλλοι δ' αὐτῇσι βόεσσιν,
ἄλλοι δ' ἀνδραπόδεσσι· τίθεντο δὲ δαῖτα θάλειαν.
Παννύχιοι μὲν ἔπειτα καρηκομόωντες Ἀχαιοὶ

plonge-la tout entière dans la mer; puis recouvre au loin le rivage de tes sables, afin de faire disparaître ce vaste rempart des Grecs! »

Ainsi parlent les dieux. Cependant le soleil se couche, et les travaux des Grecs s'achèvent. Ils immolent des bœufs sous les tentes et prennent le repas du soir. De nombreux vaisseaux, chargés de vin, arrivent de Lemnos, envoyés par le fils de Jason, Eunée, que Hypsipyle conçut de Jason, pasteur des peuples. Le fils de Jason avait adressé particulièrement aux deux Atrides, Agamemnon et Ménélas, mille mesures de ce vin généreux. Les Grecs à la belle chevelure viennent donc acheter le reste, donnant en échange, les uns de l'airain, les autres du fer brillant, ceux-ci des peaux, ceux-là des bœufs, d'autres enfin, des esclaves. On apprête un splendide repas. Toute la nuit, les Grecs à la belle chevelure se livrèrent aux plaisirs du festin, en même

ἀναῤῥήξας τεῖχος,	ayant renversé (renversant) *ce* mur,
καταχεῦαι δὲ	d'un côté verse
τὸ πᾶν εἰς ἅλα,	lui tout-entier dans la mer,
αὖτις δὲ καλύψαι ψαμάθοισιν	d'un autre ensuite couvre de sables
ἠϊόνα μεγάλην,	le rivage grand,
ὥς τοι τεῖχος μέγα	afin que certes le mur grand
Ἀχαιῶν	des Achéens
κὲν ἀμαλδύνηται. »	soit anéanti. »
Οἱ μὲν ἀγόρευον	Ceux-ci à la vérité disaient
τοιαῦτα ὥς	de telles *choses* ainsi
πρὸς ἀλλήλους.	les-uns-aux-autres.
Ἠέλιος δὲ δύσετο,	Mais le soleil se retirait,
ἔργον δὲ Ἀχαιῶν	et l'ouvrage des Achéens
τετέλεστο·	était terminé;
βουφόνεον δὲ	et ils immolaient-des-bœufs
κατὰ κλισίας,	dans les tentes,
καὶ ἕλοντο δόρπον.	et ils prirent un repas.
Νῆες δὲ παρέστασαν	Or des vaisseaux étaient-là
ἐκ Λήμνοιο,	*venus* de Lemnos,
ἄγουσαι οἶνον, πολλαὶ,	amenant du vin, nombreux,
τὰς προέηκεν	lesquels envoya
Εὔνηος Ἰησονίδης,	Eunée, fils-de-Jason,
τόν ῥα τέκεν Ὑψιπύλη	lequel certes enfanta Hypsipyle
ὑπὸ Ἰήσονι, ποιμένι λαῶν.	sous Jason, pasteur des peuples.
Ἄρα Ἰησονίδης	Or le-fils-de-Jason
δῶκε χωρὶς μέθυ,	donna à part du vin-pur,
χίλια μέτρα,	mille mesures,
ἀγέμεν Ἀτρείδῃς,	pour *le* porter aux-fils-d'Atrée,
Ἀγαμέμνονι καὶ Μενελάῳ.	à Agamemnon et à Ménélas.
Ἀχαιοὶ καρηκομόωντες	Les Achéens chevelus
οἰνίζοντο ἄρα ἔνθεν,	achetaient-du-vin donc de là,
ἄλλοι μὲν χαλκῷ,	les uns avec de l'airain,
ἄλλοι δὲ σιδήρῳ αἴθωνι,	les autres avec du fer étincelant,
ἄλλοι δὲ ῥινοῖς,	et d'autres avec des peaux,
ἄλλοι δὲ βόεσσιν αὐτῇσιν,	et d'autres avec des bœufs mêmes,
ἄλλοι δὲ ἀνδραπόδεσσι·	et d'autres avec des esclaves;
τίθεντο δὲ	et ils apprêtaient
δαῖτα θάλειαν.	un repas florissant (abondant).
Ἔπειτα Ἀχαιοὶ μὲν	Puis d'un côté les Achéens
καρηκομόωντες	chevelus

δαίνυντο, Τρῶες δὲ κατὰ πτόλιν ἠδ' ἐπίκουροι.
Παννύχιος δέ σφιν κακὰ μήδετο μητίετα Ζεύς,
σμερδαλέα κτυπέων· τοὺς δὲ χλωρὸν δέος ᾕρει·
οἶνον δ' ἐκ δεπάων χαμάδις χέον, οὐδέ τις ἔτλη
πρὶν πιέειν, πρὶν λεῖψαι ὑπερμενέϊ Κρονίωνι.
Κοιμήσαντ' ἄρ' ἔπειτα, καὶ ὕπνου δῶρον ἕλοντο.

temps que les Troyens et leurs alliés, dans la ville. Toute la nuit, le sage Jupiter, dont le tonnerre gronde, leur prépare de nouveaux malheurs. La crainte saisit tous les cœurs : les guerriers pâlissent et laissent couler à terre le vin de leurs coupes ; personne n'ose boire avant d'avoir fait des libations au tout-puissant fils de Saturne. Puis ils se couchent, et bientôt ils goûtent les douceurs du sommeil.

δαίνυντο	se-distribuaient-les-mets
παννύχιοι,	pendant-toute-la-nuit,
Τρῶες δὲ	d'un-autre-côté les Troyens
ἠδὲ ἐπίκουροι	et *leurs* alliés *mangeaient*
κατὰ πτόλιν.	dans la ville.
Ζεὺς δὲ μητίετα,	Mais Jupiter prudent,
κτυπέων σμερδαλέα,	tonnant terriblement,
μήδετο κακά σφι	méditait des maux pour eux
παννύχιος·	pendant-toute-la-nuit;
δέος δὲ χλωρὸν ᾕρει τούς·	et une crainte pâle saisissait eux;
χέον δὲ χαμάδις	et ils versaient à terre
οἶνον ἐκ δεπάων,	le vin hors des coupes,
οὔτις δὲ ἔτλη πιέειν πρὶν,	et personne n'osa boire avant,
πρὶν λεῖψαι	avant d'avoir fait-une-libation
Κρονίωνι ὑπερμενέϊ.	au fils-de-Saturne très-puissant.
Ἔπειτα ἄρα κοιμήσαντο,	Ensuite donc ils se couchèrent,
καὶ ἕλοντο	et prirent (goûtèrent)
δῶρον ὕπνου.	le don du sommeil.

NOTES

SUR LE SEPTIÈME CHANT DE L'ILIADE.

Page 2. — Ἄρνῃ ναιετάοντα Μενέσθιον.... *Ménesthius, qui habitait dans Arné.* — *Arné*, ville de Béotie, selon Strabon. C'est la même qui, plus tard, fut appelée Acréphion ; Chéronée, selon Pausanias. D'autres prétendent qu'elle fut engloutie dans les eaux du lac Copaïs. Si l'on en croit Thucydide, I, 60, elle fut bâtie soixante ans après la prise de Troie, par les Béotiens, qui, chassés par les Pélasges, se retirèrent à Arné, dans la Thessalie, et, plus tard, chassèrent les Pélasges à leur tour. On peut supposer qu'ils ne firent que rebâtir la ville béotienne.

Page 4. — Ἀλλήλοισι δὲ τώγε συναντέσθην παρὰ φηγῷ. *Les deux divinités se rencontrèrent près du hêtre.* Φηγός, on suppose que c'était le *quercus esculus* de Linnée, *chêne alimentaire*, ou *nourricier*, dont les fruits étaient bons à manger, et semblables aux glands. RAC. φαγεῖν, *manger*.

Homère parle d'un bel arbre de cette espèce, qui était consacré à Jupiter, à la porte Scée.—ILIADE, V, v. 693 ;—VI, v. 237 ;—IX, v. 534.

Page 14.—Ἀλλ' ὑμεῖς μὲν πάντες ὕδωρ καὶ γαῖα γένοισθε. *Oh ! puissiez-vous être réduits en terre et en eau !* Il ne faut pas sans doute attacher à ces mots le sens philosophique de ce vers de Xénophane :

Πάντες γὰρ γαίης τε καὶ ὕδατος ἐκγενόμεσθα.

« *Car nous sommes tous nés de la terre et de l'eau.* » Il nous semble qu'on ne doit voir dans cette expression du poëte qu'un équivalent du mot français *pulvériser, réduire en poussière ; anéantir.*

Page 18. — Αἲ γὰρ, Ζεῦ τε πάτερ καὶ Ἀθηναίη καὶ Ἄπολλον,
ἡβῷμ', ὡς ὅτ' ἐπ' ὠκυρόῳ Κελάδοντι μάχοντο
ἀγρόμενοι Πύλιοί τε καὶ Ἀρκάδες ἐγχεσίμωροι,
Φειᾶς πὰρ τείχεσσιν, Ἰαρδάνου ἀμφὶ ῥέεθρα.

O puissant Jupiter, Minerve, Apollon, que ne suis-je encore dans l'âge de la jeunesse, comme au temps où je vis, sur les bords du rapide Céladon, les Pyliens et les Arcadiens, habiles à manier le javelot, combattre sous les murs de Phée, non loin du fleuve Jardanus!

Phée, ville de l'Élide, sur la limite de l'Élide Pisatide, sur le fleuve Jardanus, qui, selon Strabon, serait une rivière voisine de l'Acidon, et tirerait son nom du tombeau de l'ancien héros Jardanus.

On peut rapprocher de ce passage, où le vieux Nestor regrette les années de sa jeunesse, cet autre discours d'Évandre, qui rappelle ses anciens exploits en faisant ses adieux à son fils :

> O mihi præteritos referat si Jupiter annos!
> Qualis eram, quum primam aciem Præneste sub ipsa
> Stravi, scutorumque incendi victor acervos;
> Et regem hac Herilum dextra sub Tartara misi....
>
> *Énéid.*, VIII, v. 560 et seq.

Page 20. — Δίου Ἀρηϊθόου, τὸν ἐπίκλησιν Κορυνήτην
ἄνδρες κίκλησκον.....

..... *du divin Aréïthoüs, surnommé le guerrier à la massue, par les hommes et par les femmes à la belle ceinture.....*

Cissée et Gyas, dans l'Énéide, portent les mêmes armes que le terrible Aréïthoüs :

> ..... Nec longe Cissea durum,
> Immanemque Gyan, sternentes agmina clava,
> Dejecit leto.
>
> *Énéid.*, l. X, v. 317.

Ἀλλὰ σιδηρείῃ κορύνῃ ῥήγνυσκε φάλαγγας. (V. v. 141.)

..... *Mais il combattait avec une massue de fer, qui rompait les phalanges ennemies.*

Page 28. — Τρῶας δὲ τρόμος αἰνὸς ὑπήλυθε γυῖα ἕκαστον,
Ἕκτορί τ' αὐτῷ θυμὸς ἐνὶ στήθεσσι πάτασσεν.

Le frisson de la crainte saisit les membres des Troyens; Hector lui-même sent son cœur palpiter dans sa poitrine.

C'est ainsi que les Rutules se troublent à l'approche du combat, et que Turnus pâlit à la vue d'Énée :

> At vero Rutulis impar ea pugna videri
> Jamdudum, et vario misceri pectora motu :
> Tum magis, ut propius cernunt, non viribus æquis.
> Adjuvat incessu tacito progressus, et aram

> Suppliciter venerans demisso lumine Turnus,
> Tabentesque genæ, et juvenili in corpore pallor.
>
> *Énéid.*, XII, v. 216.

Page 30. — . . . . Ὕλῃ ἔνι οἰκία ναίων.

. . . . . *qui demeurait à Hylé.* Petite ville de Béotie, sur le lac Copaïs, détruite du temps de Strabon ; — ville de Carie, suivant d'autres.

Page 32. — . . . . . Δεύτερος αὖτε

> Αἴας Διογενὴς προΐει δολιχόσκιον ἔγχος,
> καὶ βάλε Πριαμίδαο κατ' ἀσπίδα πάντοσ' ἐΐσην.
> Διὰ μὲν ἀσπίδος ἦλθε φαεινῆς ὄβριμον ἔγχος,
> καὶ διὰ θώρηκος πολυδαιδάλου ἠρήρειστο·
> ἀντικρὺ δὲ παραὶ λαπάρην διάμησε χιτῶνα
> ἔγχος.

A son tour, le divin Ajax lança son long javelot, qui frappa le rond bouclier du fils de Priam. Le trait irrésistible pénétra le bouclier brillant d'Hector, dont il perça la magnifique cuirasse, et déchira la tunique au flanc.

On retrouve à peu près les mêmes détails dans le combat de Mézence et d'Énée :

> Tum pius Æneas hastam jacit : illa per orbem
> Ære cavum triplici, per linea terga, tribusque
> Transiit intextum tauris opus, imaque sedit
> Inguine.
>
> *Énéid.*, X, v. 783.

Les trois luttes d'Hector et d'Ajax (*Iliad.* VII, 206 ; XIV, 402 ; XV, 95) ont été imitées dans cet épisode de Virgile, qui a servi lui-même de modèle au Tasse (combat d'Argant et de Tancrède, *Jérusal. délivr.*); à Fénelon (combat d'Adraste et de Télémaque, liv. XX); à Voltaire (combat d'Aumale et de Turenne, *Henr.* X).

Page 42. — Πολλοὶ γὰρ τεθνᾶσι καρηκομόωντες Ἀχαιοί,

> τῶν νῦν αἷμα κελαινὸν ἐΰρροον ἀμφὶ Σκάμανδρον
> ἐσκέδασ' ὀξὺς Ἄρης, ψυχαὶ δ' Ἄϊδοσδε κατῆλθον

Beaucoup de Grecs à la belle chevelure ont péri déjà : leur sang noir a coulé sur les bords du beau fleuve Scamandre, versé par le cruel dieu de la guerre, et leurs âmes sont descendues chez Pluton.

Ce passage du discours de Nestor dut fixer l'attention de Virgile, quand il mit ces vers dans la bouche du vieux roi Latinus :

Ex illo qui me casus, quæ, Turne, sequantur
Bella, vides; quantos primus patiare labores.
Bis magna victi pugna vix urbe tuemur
Spes Italas; recalent nostro Tiberina fluenta
Sanguine adhuc, campique ingentes ossibus albent.
Énéid., XII, v. 32.

Page 44. — Τρώων αὖτ' ἀγορὴ γένετ' Ἰλίου ἐν πόλει ἄκρῃ,
δεινή, τετρηχυῖα, παρὰ Πριάμοιο θύρῃσι.

De leur côté, les Troyens se forment en assemblée dans la partie haute de la ville d'Ilion, aux portes de Priam.

Ἄκρη πόλις, *ville haute*, et la plupart du temps, *citadelle*, parce que la citadelle commandait toujours le reste de la ville, soit par sa position sur une éminence, soit par sa propre élévation.

Cette assemblée tumultueuse, où le peuple troyen, las d'une guerre sans espoir, propose, par la bouche d'Anténor, de rendre aux Grecs Hélène et ses richesses, est comme le texte qu'a développé Virgile au livre XI, v. 213, de son Énéide :

Jam vero in tectis, prædivitis urbe Latini,
Præcipuus fragor, et longi pars maxima luctus.
Hic matres, miseræque nurus, hic cara sororum
Pectora mœrentum, puerique parentibus orbi
Dirum exsecrantur bellum, Turnique hymenæos;
Ipsum armis ipsumque jubent decernere ferro,
Qui regnum Italiæ et primos sibi poscat honores.

En comparant les discours d'Anténor et de Drancès, de Pâris et de Turnus, il est curieux de remarquer, à part les différences de caractère et de situation de ces divers personnages, combien le grec est sobre de détails et concis, tandis que le latin ne recule pas devant les traits de la plus minutieuse analyse :

Tum Drances idem infensus, quem gloria Turni
Obliqua invidia stimulisque agitabat amaris,
Largus opum, etc.
Énéid., XI, v. 336.

Page 52. — Οὐ γάρ τις φειδὼ νεκύων κατατεθνηώτων
γίγνετ', ἐπεί κε θάνωσι, πυρὸς μειλισσέμεν ὦκα.

Il ne faut pas négliger de rendre au plus vite les derniers devoirs aux morts, et d'apaiser par le feu les mânes de ceux qui ont succombé.

Les anciens supposaient en effet que les âmes des morts se courrouçaient quand on ne se hâtait pas de faire leurs funérailles.

Page 58. — « Ζεῦ πάτερ, ἦ ῥά τίς ἐστι βροτῶν ἐπ' ἀπείρονα γαῖαν,
ὅστις ἔτ' ἀθανάτοισι νόον καὶ μῆτιν ἐνίψει ; »

« *Puissant Jupiter, sera-t-il encore quelque mortel sur la terre immense, pour vanter la sagesse et la prudence des immortels?* »

Quelques auteurs ont traduit : *Quel homme sur la terre voudra confier aux immortels ses pensées et ses desseins?* Cette version nous paraît n'avoir pas de sens, et nous avons suivi celle du savant et judicieux M. Dübner : *Num quis est immortalium in immensa terra, qui adhuc immortalium mentem et consilium celebrabit?*

D'ailleurs, l'authenticité de ce discours de Neptune et de la réponse de Jupiter est contestée. Zénodote, Aristophane et Aristarque suppriment cette assemblée des dieux.

Paris. — Imprimerie de Ch. Lahure et Cie, rue de Fleurus, 9.

LIBRAIRIE DE L. HACHETTE ET Cie.

RUE PIERRE-SARRAZIN, 14, A PARIS

(Près de l'École de médecine).

LES AUTEURS LATINS

EXPLIQUÉS

D'APRÈS UNE MÉTHODE NOUVELLE PAR DEUX TRADUCTIONS FRANÇAISES,

L'une littérale et *juxtalinéaire*, présentant le mot à mot français en regard des mots latins correspondants ; l'autre correcte et précédée du texte latin ; avec des Sommaires et des Notes en français, par une Société de Professeurs et de Latinistes. **Format in-12.**

Cette collection comprendra les principaux auteurs qu'on explique dans les classes.

EN VENTE :

	fr.	c.
CÉSAR : *Guerre des Gaules*, par M. Sommer. 2 volumes	9	»
Livres I, II, III et IV. 1 volume	4	»
Livres V, VI et VII. 1 volume	5	»
CICÉRON : *Catilinaires* (les quatre), par M. J. Thibault	2	»
La première Catilinaire, séparément	»	50
— *Dialogue sur l'Amitié*, par M. Legouëz, professeur au lycée Bonaparte	1	25
— *Dialogue sur la Vieillesse*, par MM. Paret et Legouëz	1	25
— Discours contre Verrès *sur les Statues*, par M. J. Thibault, de l'ancienne École normale	3	»
— Discours contre Verrès *sur les Supplices*, par M. O. Dupont	3	»
— *Discours pour la loi Manilia*, par M. Lesage	1	50
— *Discours pour Ligarius*, par M. Materne	»	75
— *Discours pour Marcellus*, par le même	»	75
— *Plaidoyer pour le poëte Archias*, par M. Chansselle	»	90
— *Plaidoyer pour Milon*, par M. Sommer, agrégé des classes supérieures	1	50
— *Plaidoyer pour Muréna*, par M. J. Thibault	2	50
— *Songe de Scipion*, par M. Ch. Puttin	»	50
CORNELIUS NEPOS : *Vies des grands Capitaines*, par M. Sommer	»	»
HORACE : *Art poétique*, par M. Taillefert, proviseur du lycée d'Orléans	»	75
— *Epîtres*, par le même auteur	2	»
— *Odes* et *Épodes*, par MM. Sommer et A. Desportes. 2 vol.	4	50
Le 1er et le 2e livre des *Odes*, séparément, 1 vol. 2 fr » c.		
Le 3e et le 4e livre des *Odes* et les *Épodes*, séparément 2 fr. 50 c.		
— *Satires*, par les mêmes auteurs	2	»
LHOMOND : *Epitome historiæ sacræ*	3	»
PHÈDRE : *Fables*, par M. D. Marie, ancien élève de l'École normale	2	»
SALLUSTE : *Catilina*, par M. Croiset, professeur au lycée Saint-Louis	1	50
— *Jugurtha*, par le même	3	50
TACITE : *Annales*, par M. Materne, censeur du lycée Saint-Louis. 4 vol.	18	»
Livres I, II et III. 1 volume	6	»
Le Ier livre séparément	2	50
Livres IV, V et VI. 1 volume	4	»
Livres XI, XII et XIII. 1 volume	4	5
Livres XIV, XV et XVI. 1 volume	4	»
— *Germanie* (la), par M. Doneaud, licencié ès lettres	1	»
— *Vie d'Agricola*, par M. H. Nepveu	1	75

	fr.	c.
TÉRENCE : *Adelphes* (les), par M. Materne	2	»
— *Andrienne* (l'), par le même	2	50
VIRGILE : *Eglogues* ou *Bucoliques*, par MM. Sommer et A. Desportes	1	»
La première Églogue, séparément	»	30
— *Énéide*, par les mêmes, 4 volumes	16	»
Livres I, II et III, réunis. 1 volume	4	»
Livres IV, V et VI, réunis. 1 volume	4	»
Livres VII, VIII et IX, réunis. 1 volume	4	»
Livres X, XI et XII, réunis. 1 volume	4	»
Chaque livre séparément	1	50
— *Géorgiques* (les quatre livres), par les mêmes	2	»
Chaque livre séparément	»	60

LES
AUTEURS GRECS
EXPLIQUÉS
D'APRÈS UNE MÉTHODE NOUVELLE PAR DEUX TRADUCTIONS FRANÇAISES,

L'une littérale et *juxtalinéaire*, présentant le mot à mot français en regard des mots grecs correspondants; l'autre correcte et précédée du texte grec; avec des Sommaires et des Notes en français; par une Société de Professeurs et d'Hellénistes. Format in-12.

Cette collection comprendra les principaux auteurs qu'on explique dans les classes.

EN VENTE :

	fr.	c.
ARISTOPHANE : *Plutus*, par M. Cattant, professeur au lycée de Nancy	2	25
BABRIUS : *Fables*, par MM. Théobald Fix et Sommer	4	»
BASILE (SAINT) : *De la lecture des auteurs profanes*, par M. Sommer	1	25
— *Observe-toi toi-même*, par le même	»	90
— *Contre les usuriers*, par le même	»	75
CHRYSOSTOME (S. JEAN) : *Homélie en faveur d'Eutrope*, par M. Sommer	»	60
— *Homélie sur le retour de l'évêque Flavien*, par le même	1	»
DÉMOSTHÈNE : *Discours contre la loi de Leptine*, par M. Stiévenart	3	50
— *Discours pour Ctésiphon ou sur la Couronne*, par M. Sommer	3	50
— *Harangue sur les prévarications de l'Ambassade*, par M. Stiévenart	6	»
— *Olynthiennes* (les trois), par M. C. Leprévost	1	50
Chaque Olynthienne séparément	»	50
— *Philippiques* (les quatre), par MM. Lemoine et Sommer	2	»
Chaque Philippique séparément	»	60
ESCHINE : *Discours contre Ctésiphon*, par M. Sommer	4	»
ESCHYLE : *Prométhée enchaîné*, par MM. Le Bas et Théobald Fix	2	»
— *Sept contre Thèbes* (les), par M. Materne, censeur du lycée Saint-Louis	1	50
ÉSOPE : *Fables choisies*, par M. C. Leprévost	»	75
EURIPIDE : *Électre*, par M. Théobald Fix	3	»
— *Hécube*, par M. C. Leprévost, professeur au lycée Bonaparte	2	»
— *Hippolyte*, par M. Théobald Fix	3	50
— *Iphigénie en Aulide*, par MM. Théobald Fix et Le Bas	3	25

	fr.	c.
GRÉGOIRE DE NAZIANZE (S.): *Éloge funèbre de Césaire*, par le même	»	25
— *Homélie sur les Machabées*, par le même	»	25
GRÉGOIRE DE NYSSE (SAINT) : *Contre les usuriers*, par M. Sommer	»	75
— *Éloge funèbre de saint Mélèce*, par le même	»	75
HOMÈRE : *Iliade*, par M. C. Leprévost, prof. au lycée Bonaparte. 6 vol.	20	»
Chants I, II, III et IV réunis. 1 volume	3	50
Chants V, VI, VII et VIII réunis. 1 volume	3	50
Chants IX, X, XI et XII réunis. 1 volume	3	50
Chants XIII, XIV, XV et XVI réunis. 1 volume	3	50
Chants XVII, XVIII, XIX et XX réunis. 1 volume	3	50
Chants XXI, XXII, XXIII et XXIV réunis. 1 volume	3	50
Chaque chant séparément	1	»
Odyssée, par M. Sommer, agrégé des classes supérieures. 6 vol.	24	»
Chants I, II, III et IV réunis. 1 volume	4	»
Le premier chant, séparément	»	90
Chants V, VI, VII et VIII réunis. 1 volume	4	»
Chants IX, X, XI et XII réunis. 1 volume	4	»
Chants XIII, XIV, XV et XVI réunis. 1 volume	4	»
Chants XVII, XVIII, XIX et XX réunis. 1 volume	4	»
Chants XXI, XXII, XXIII et XXIV réunis. 1 volume	4	»
ISOCRATE : *Archidamus*, par M. C. Leprévost	1	50
— *Conseils à Démonique*, par le même	»	75
— *Éloge d'Evagoras*, par M. Ed. Renouard, licencié ès lettres	1	»
LUCIEN : *Dialogues des morts*, par M. C. Leprévost	2	25
PÈRES GRECS (Choix de Discours tirés des), par M. Sommer	7	50
PINDARE : *Isthmiques* (les), par MM. Fix et Sommer	2	50
— *Néméennes* (les), par les mêmes	3	»
— *Olympiques* (les), par les mêmes	3	50
— *Pythiques* (les), par les mêmes	3	50
PLATON : *Alcibiade* (le premier), par M. C. Leprévost	2	50
— *Apologie de Socrate*, par M. Materne, censeur du lycée Saint-Louis	2	»
— *Criton*, par M. Waddington-Kastus, agrégé de philosophie	1	25
— *Phédon*, par M. Sommer	5	»
PLUTARQUE : *De la lecture des poëtes*, par M. Ch. Aubert	3	»
— *Vie d'Alexandre*, par M. Bétolaud, professeur au lycée Charlemagne	3	»
— *Vie de César*, par M. Materne, censeur du lycée Saint-Louis	2	»
— *Vie de Cicéron*, par M. Sommer	3	50
— *Vie de Démosthène*, par le même	2	»
— *Vie de Marius*, par le même	3	»
— *Vie de Pompée*, par M. Druon, proviseur du lycée de Rennes	5	»
— *Vie de Solon*, par M. Sommer	3	»
— *Vie de Sylla*, par M. Sommer	3	50
SOPHOCLE : *Ajax*, par M. Benloew et M. Bellaguet, inspecteur d'Académie	2	50
— *Antigone*, par les mêmes	2	25
— *Electre*, par les mêmes	3	»
— *Œdipe à Colone*, par les mêmes	2	»
— *Œdipe roi*, par MM. Sommer et Bellaguet	1	50
— *Philoctète*, par MM. Benloew et Bellaguet	2	50
— *Trachiniennes* (les), par les mêmes	2	50
THÉOCRITE : *Œuvres complètes*, par M. Léon Renier	7	50
La première Idylle, séparément, par M. C. Leprévost	»	45
THUCYDIDE : *Guerre du Péloponèse*, livre deuxième; par M. Sommer	5	»
XÉNOPHON : *Apologie de Socrate*, par M. C. Leprévost	»	60
— *Cyropédie*, livre premier; par M. le docteur Lehrs	1	25
— livre second; par M. Sommer	2	»
— *Entretiens mémorables de Socrate* (les quatre livres), par le même	7	50
Chaque livre séparément	2	»

LES AUTEURS ANGLAIS

EXPLIQUÉS

D'APRÈS UNE MÉTHODE NOUVELLE PAR DEUX TRADUCTIONS FRANÇAISES,

L'une littérale et *juxtalinéaire*, présentant le mot à mot français en regard des mots anglais correspondants ; l'autre correcte et précédée du texte anglais; avec des Sommaires et des Notes en français; par une Société de Professeurs et de Savants. Format in-12.

EN VENTE

SHAKSPEARE : *Coriolan*, par M. Fleming, ancien professeur de langue anglaise à l'École polytechnique. Broché.. 6 fr. »

LES AUTEURS ALLEMANDS

EXPLIQUÉS

D'APRÈS UNE MÉTHODE NOUVELLE PAR DEUX TRADUCTIONS FRANÇAISES

L'une littérale et *juxtalinéaire*, présentant le mot à mot français en regard des mots allemands correspondants ; l'autre correcte et précédée du texte allemand ; avec des Sommaires et des Notes en français; par une Société de Professeurs et de Savants. Format in-12.

EN VENTE

LESSING : *Fables* en prose et en vers, par M. Boutteville, professeur suppléant de langue allemande au lycée Bonaparte. Broché............................ 1 fr. 50 c.

SCHILLER : *Guillaume Tell*, par M. Th. Fix, professeur de langue allemande au lycée Napoléon. Broché.. 6 fr. »

— *Marie Stuart*, par le même. .... 6 fr. »

LES AUTEURS ARABES

EXPLIQUÉS

D'APRÈS UNE MÉTHODE NOUVELLE PAR DEUX TRADUCTIONS FRANÇAISES,

L'une littérale et *juxtalinéaire*, présentant le mot à mot français en regard des mots arabes correspondants, l'autre correcte et précédée du texte arabe.

EN VENTE

HISTOIRE DE CHEMS-EDDINE ET DE NOUR-EDDINE, *extraite des Mille et une Nuits*, par M. Cherbonneau, professeur d'arabe à la chaire de Constantine.. 5 fr.

LOKMAN : *Fables*, avec un dictionnaire analytique des mots et des formes difficiles qui se rencontrent dans ces fables, par M. Cherbonneau. 1 vol. in-12. Prix. 3 fr.

Paris. — Imprimerie de Ch. Lahure et Cie, rues de Fleurus, 9, et de l'Ouest, 21

Imprimerie de Ch. Lahure et Cie, rue de Fleurus, 9.

www.ingramcontent.com/pod-product-compliance
Ingram Content Group UK Ltd.
Pitfield, Milton Keynes, MK11 3LW, UK
UKHW031934260826
14628UKWH00004B/1617

9 782014 457575